Dino

In der Buchreihe „Topas aus dem Elfenwald“
sind bisher erschienen:

Band 1: Das Geheimnis des Eschentors
Band 2: Drei Quellen in Gefahr
Band 3: Im Bann des Bösen

hatte sie ganz normal gelebt. Oder zumindest weitgehend normal, denn Fipps hatte ihre Eltern verloren, als sie noch ganz klein gewesen war. Sie konnte sich kaum an sie erinnern, was sie manchmal sehr traurig stimmte. Gleichzeitig aber hatte sie nie etwas vermisst, denn da war immer Tante Susanne gewesen, die sie liebevoll aufgenommen hatte. Bei ihr hatte Fipps ein Zuhause gefunden: Ein schnuckeliges, kleines Haus am Rand einer hübschen, kleinen Stadt, in der Susanne zusammen mit ihrem langjährigen Freund und Partner Dr. Konstantin Lengsky eine Rechtsanwaltskanzlei betrieb.

Es war ein schönes, harmonisches Leben mit viel Lachen und Liebe gewesen, das Susanne und Philippa geteilt hatten. Nur eines hatte Fipps darin gefehlt: Pferde. Ihr Vater hatte ein Gestüt besessen, und obwohl sich Fipps nicht an sein Gesicht erinnern konnte – den Geruch des Pferdestalls, die Wärme der großen Körper, die Weichheit der Pferdenasen, die sie schon als Baby auf Vaters Arm gestreichelt hatte, hatte sie nie vergessen und sich immer danach gesehnt.

Doch wenn es um Reitstunden ging, war mit Susanne nicht zu diskutieren. „Dein Vater war mein Bruder und einziger Familienangehöriger“, pflegte sie zu sagen. „Ihn bei einem Reitunfall zu verlieren, war sehr schlimm. Ich will da nicht mit dir noch mal durch.“

Dann war Topas gekommen. Eines Morgens, als Fipps

über den Wiesenweg hinter dem Haus Richtung Schule geradelt war, hatte sie ihn entdeckt: schwarz wie die Nacht, das feine Fell wie Seide schimmernd, eine prachtvolle Mähne mit einer weißen Strähne, die im Wind wehte und zwei große, geheimnisvoll dunkle Augen, die ihr neugierig entgegen blickten.

Es war, als ob der schwarze Hengst auf Fipps gewartet hätte. Sie waren Freunde geworden – und von da an überstürzten sich die Ereignisse. Bald schon fand Fipps heraus, dass der Hengst zum Cyriakushof gehörte, einem Hof in der Nähe, der viele Jahre leer gestanden hatte. Dort war – mit einer ganzen Menge wunderschöner Pferde – eine ältere Dame eingezogen.

Eines Tages lud sie Philippa zum Essen ein, und während Fipps sich noch über seltsame Bücher, superschnelles Kochen ohne Küchengeruch und eine Katze wunderte, die sich gar nicht katzenmäßig benahm, klärte die Gestütsbesitzerin sie über den Anlass der Einladung auf. „Heute ist dein 4567. Lebenstag – der Tag, an dem deine Kräfte erwachen", sagte sie.

Was das zu bedeuten hatte, lernte Fipps schnell: Die Gestütsbesitzerin war Philippas Großmutter. Und mehr: Ihr hatte sie ihren zweiten Vornamen ‚Titania' zu verdanken – denn sie hieß Titania Regina und war die Königin der Elfen und Gemahlin des Elfenkönigs Oberon. Philippas verstorbene Mutter Miranda war ihre einzige Tochter gewesen. Sie war als Prinzessin und Erbin ihrer Eltern im Elfenreich aufgewachsen, bevor sie sich in einen Menschen – Philippas Vater – verliebt hatte und mit ihm zu den Menschen gezogen war.

Susanne hatte nie gewusst, dass ihre Schwägerin eine Elfe war und war mehr als nur ein wenig erstaunt gewesen, als sie erfuhr, dass sie mit Philippa eine Halb-Elfe aufgezogen hatte. Wie die meisten Menschen hatte auch sie Elfen immer für Märchengestalten gehalten, die es in Wirklichkeit gar nicht gab.

Doch bald schon war Susanna sehr froh über Philippas Elfenverwandtschaft und ihre magische Kräfte gewesen. Sie war nämlich schwer krank geworden – so schwer, dass ihr kein Arzt in der Menschenwelt mehr helfen konnte. Philippa brachte sie ins Elfenreich, und tatsächlich schaffte es Titania mit ihren Zaubertränken, Susanne zu heilen.

Seitdem lebte Philippa in zwei Welten. Am Morgen ging sie wie jedes Menschenmädchen mit ihrer besten Freundin Alina in die Schule. Doch nachmittags streifte sie mit Topas durch den Elfenwald, bekam Zauberunterricht von Titania, trieb sich in der Küche des königlichen Feenschlosses herum (der Schokoladenkuchen, den die Küchenelfen zauberten, war einfach märchenhaft gut). Oder sie ritt mit ihren besten Freunden aus. Alina hatte nämlich mittlerweile von Titania auch ein Pferd bekommen – das Pony Oskar, an dem sie sehr hing. Und da gab es noch jemanden: Orsino.

Jedes Mal, wenn Fipps an ihn dachte, war da ein ganz kleines Flattern in ihrem Bauch, wie von einem Schmetterlingsflügel. Sie erinnerte sich nur zu gut an den Tag, an dem sie Orsino zum ersten Mal gesehen hatte. Ihr Großvater rief ihn herbei, damit er sie von ihrem ersten Ausflug in den Elfenwald zurück in die Menschenwelt begleitete – und als Orsino erschien, musste Philippa erst einmal schlucken. Sie hatte damals schon eine Ahnung, dass Elfen sehr schöne Geschöpfe waren, aber Orsino mit seinen langen, seidig blonden Haaren, den strahlend blauen Augen und dem feinen Gesicht fiel selbst unter seinesgleichen auf.

Alina brachte es auf den Punkt: „Wenn ich einen Elfenprinzen malen müsste, würde er wie Orsino aussehen." Allerdings – und der Gedanke brachte Fipps zum Kichern – würde er wohl nicht wie Orsino klingen. Der befand sich nämlich gerade im Stimmbruch, und seine Stimme wechselte zwischen glockenreinem Sopran und kratzigem Bass hin und her. Meist sprach er wie ein Elf mit Halsweh, was aber nichts daran änderte, dass Fipps ihm gerne zuhörte.

„Fipps, warum bist du noch nicht umgezogen?" Die energische Stimme ihrer Großmutter riss Philippa aus ihrer

Träumerei. Titania war in Susannes Schlafzimmer getreten, mit einer kleinen Schatulle in der Hand, die mit ausgebleichtem, blauem Samt überzogen war. Sie legte die Schatulle aufs Bett, schüttelte den Kopf und sagte tadelnd: „Du bist noch schlimmer als dein Großvater! Dem habe ich auch schon vor einer halber Stunde erzählt, dass er sich endlich fertig machen soll, und nun spielt er immer noch mit der Kutsche herum!"

„'Tschuldigung, Großmutter. Aber ich wollte Susanne mit ihrem Kleid helfen." Fipps stand auf und trat zu ihrer Tante, die immer noch unglücklich am zu engen Ausschnitt ihres Brautkleides herumzupfte.

„Eine schöne Hilfe bist du!", schimpfte Titania und wandte sich an Susanne. „Lass mich das machen, Kind!" Mit der flachen Hand strich sie einmal über Susannes Oberteil. Der Stoff des Kleides schien sich aufzuplustern, dann schrumpfte er wieder ein wenig, bis er Susannes Brust schließlich perfekt umschloss. Titania betrachtete Susanne prüfend mit hochgezogenen Augenbrauen. „Hmm ... an der Hüfte klemmt es auch noch ein bisschen."

„Konny kocht einfach zu gut!" Susanne klang verlegen. „Seit wir hier zusammenleben, werde ich immer dicker!"

„Ein paar Kilo mehr schaden dir absolut nicht! Du hast durch deine Krankheit damals so viel Gewicht verloren", gab Titania zurück und strich mit beiden Händen über

Susannes Hüften. Unter ihren Fingern verwandelte sich das Kleid, bis es wie angegossen saß. „Schau mal in der Schatulle nach, Susanne. Vielleicht würdest du gern etwas Elfenschmuck tragen? So – und jetzt zu dir, Philippa Titania." Die Elfenkönigin drehte sich um und musterte ihre Enkelin kritisch. „Du siehst mal wieder aus, als ob du die Nacht im Stall verbracht hättest. Aber das werden wir ändern." Titanias Fingerschnippen ließ Fipps' Haut ein wenig prickeln, und dann schien etwas an ihren Haaren zu ziepen. Philippa spürte, wie sich der Pferdeschwanz löste, den sie achtlos mit einem Gummi zusammengebunden hatte, und ihr die langen, schwarzen Haare bis zur Hüfte fielen. „Und jetzt ab in dein Zimmer und umziehen, Prinzessin!", kommandierte Titania. „Und dabei kannst du gleich deiner Freundin Alina helfen – die kämpft nämlich auch mit ihrem Haar."

Kapitel 2

Ein Sommernachtstraum

Die Orgel spielte einen feierlichen Hochzeitsmarsch, doch Fipps nahm die Musik kaum wahr. Sie war damit beschäftigt, den extradicken Kloß zu schlucken, der in ihrem Hals saß, seit der Pfarrer Susanne gefragt hatte: „Wollen Sie den hier anwesenden Konstantin Justinus Lengsky zu ihrem Ehemann nehmen und ihn lieben und ehren, solange sie leben?“ Susanne hatte ihren Bräutigam angesehen – und ihr ganzes Gesicht war ein einziges Leuchten gewesen, als sie nachdrücklich genickt hatte. „Ja, ich will!“ Laut und deutlich hatte sie es gesagt.

Fipps war vor Rührung fast in Tränen ausgebrochen. Noch vor ein paar Monaten musste sie um das Leben ihrer Tante bangen und hatte sich allein und verlassen gefühlt. Und jetzt hatte sie nicht nur Susanne wieder, sondern besaß dank Konny jetzt auch eine richtige Familie. Ganz zu schweigen von ihren Großeltern im Elfenreich ...

„Oskar, lass das! Manchmal gehst du mir wirklich auf die Nerven!", schimpfte Alina und dirigierte ihr Pony mit dem Schenkel dichter an Topas und Philippa heran.

„Hmm?" Fipps hatte Alina nicht zugehört. Der Traugottesdienst war vor fünf Minuten zu Ende gegangen; nun saß sie vor der Kirche im Sattel ihres Hengstes und kraulte mit einer Hand gedankenverloren seinen Widerrist. Ihr Blick war über die Straße hinüber zu der Linde gerichtet, unter der die Hochzeitskutsche stand. Oberon stieg gerade auf den Kutschbock, nachdem er Konny und Susanne hinein geholfen hatte. Doch es war nicht Oberon, dem Philippas Aufmerksamkeit galt, obwohl er in seinem knielangen Seidenjackett, dessen pflaumenfarbener Samt genau zu den Sitzen der Kutsche passte, durchaus beeindruckend aussah. Es waren auch nicht die vier milchweißen Schimmel, die davor angespannt waren – sondern Orsino, der hoch aufgerichtet, die blonden Locken zu einem Zopf geflochten, neben dem vorderen Pferd Heros stand. Er trug ein ähnliches Jackett wie Oberon; das weiße Hemd darunter hatte einen Spitzenkragen, der wie Frühlingsblüten über seine Brust schäumte; eine weiße Hose und glänzend polierte, schwarze Stiefel rundeten sein Outfit ab.

Aber Fipps bemerkte seine Aufmachung kaum, so fasziniert war sie von seinen Augen – tiefblau und von langen, schwarzen Wimpern umsäumt. Sie lächelten

Philippa zu, während er mit seiner feinen, wohlgeformten Hand Heros' Zaumzeug hielt und ihn dabei mit zwei Fingern am Kinn kraulte.

„Erde an Fipps!", rief Alina. „Wir haben ein – hey, Oskar, jetzt hör aber auf! – ein Problem!"

„Äh ..." Fipps riss sich mit einem bedauernden Lächeln von Orsinos Anblick los. „Was ist denn?"

Alina ließ Oskar ein paar Schritte rückwärts treten. „Siehst du das nicht?", schimpfte sie. „Wir stehen genau neben diesem blöden Mülleimer!" Aber Oskar fand ihn offensichtlich gar nicht blöd. Er machte den Hals lang, versenkte seine Nase im Mülleimer und angelte ein Butterbrotpapier heraus, das er dann wie eine Fahne schwenkte.

Dem hochbeinigen, schmalen Braunen, der neben Fipps und Topas stand, gefiel das gar nicht. Er wieherte, legte die Ohren zurück und begann, auf der Stelle zu tanzen. Der Vorstand des örtlichen Reitvereins, der so rund und kurzbeinig wie sein Pferd lang und knochig war, rutschte prompt nach vorne auf den Hals seines Pferdes und musste sich ungelenk wieder zurück in die richtige Position arbeiten. „Kannst du nicht besser auf dein Pony achtgeben?", meckerte er.

Alina verdrehte die Augen. „Würde ich ja gerne", sagte sie leise und bemühte sich noch einmal, Oskar von der Mülltonne wegzubugsieren. „Ich sag's doch: Es ist unfair.

Topas steht wie eine Eins und Oskar macht nur Blödsinn!“

Ihre Rettung kam von Oberon. Orsino war neben ihn auf den Bock geklettert, und der Elfenkönig nahm nun die Zügel auf und hob die Peitsche. Dann schnalzte er mit der Zunge, lenkte die Kutsche in die Mitte des Weges und ließ seine vier Schimmel anziehen.

Philippa wartete, bis die Kutsche mit einer glückselig strahlenden Susanne und dem lächelnden Konny sie passiert hatte, schwenkte mit Topas dahinter ein und grinste zu Alina hinunter, die in den Bügeln stand und sich weit nach vorne reckte, um Oskar die Papierfahne aus dem Maul zu ziehen.

Hinter Fipps erklang das Getrappel unzähliger Hufe. Der Bräutigam war nicht nur als Anwalt im Städtchen beliebt, sondern außerdem seit vielen Jahren Mitglied des Reitvereins. Und er hatte – zusammen mit Philippa und ihren Freunden – dem Besitzer des Nachbargestütes *Drei Quellen* aus einer schlimmen Patsche geholfen. So kam es, dass sämtliche Reiter der Gegend vor der Kirche Spalier gestanden hatten und nun das Brautpaar auf den Cyriakushof begleiteten, wo das Fest stattfinden würde.

Fipps sah über ihre Schulter zurück. Direkt hinter ihr ritt der dicke Vorstand des Reitvereins auf seinem Braunen; neben ihm saß Titania auf ihrer Stute Mondnacht. Die Elfenkönigin trug ein fließendes, blausilbernes Gewand und war im Damensattel unterwegs. Ihr weiter Rock floss über Mondnachts Flanken hinab und schimmerte im Sonnenlicht.

Es war einfach zu komisch! Philippa konnte sich das Grinsen nicht verkneifen. Ihre Großmutter sah aus wie eine Burgherrin aus vergangenen Zeiten auf ihrem edlen Ross. Und der Vereinsvorstand daneben – in einem roten Jackett, dessen Farbe überhaupt nicht zu seinem verschwitzten Gesicht passte, und mit einer Melone auf dem kahlen Haupt – hätte jederzeit als ihr Hofnarr durchgehen können.

„Oskar! Lass es!" Alina befand sich mal wieder im Nahkampf mit ihrem Kleinen. Der hatte nämlich die Blumen an der Kutsche entdeckt und fand sie offensichtlich appetitlich. Er preschte im Galopp nach vorne und erwischte eine Margerite, an der er jetzt genüsslich kaute. „Oh, Oskar!", jammerte Alina. „Fipps, kannst du mir mal sagen, wie ich ihn daran hindern kann, dass er dauernd irgendwelchen Unsinn anstellt?"

Fipps lächelte ihrer Freundin ermutigend zu. „Nimm ihn ein bisschen mehr an den Zügel. Dann haut er dir nicht einfach ab."

„Du hast gut reden!", maulte Alina. „Bei dir sieht das immer alles ganz leicht aus!"

„Na ja – dafür kannst du besser mit Computern umgehen!", tröstete Fipps. Sie fand es ja selbst nicht fair, dass für sie das Reiten so einfach wie Gehen war, während ihre Freundin es mühsam lernen musste. Umso mehr bewunderte sie Alinas Disziplin, denn sie ließ sich weder von Muskelkater, wund gerittener Kehrseite noch von Blasen an den Händen aufhalten. Und sie musste sich auch jetzt auf ihrem Pony viel mehr abmühen als Fipps auf Topas. Denn der Rappe mit seinen langen Beinen konnte locker mit der Kutsche mithalten – für ihn und seine Reiterin war es ein gemütliches Tempo. Doch der kleinere Oskar trabte jedes Mal zwei Schritte, wo Topas mit einem auskam. Und das bedeutete, dass Alina doppelt so oft im Sattel aufstehen musste wie Fipps. Aber bei aller Anstrengung konnte man Alina immer anmerken, wie gerne sie ritt. Sie liebte ihren Oskar heiß und innig, und selbstbewusst führte sie gemeinsam mit Fipps den Hochzeitszug an.

Philippa war plötzlich sehr stolz auf ihre Freundin – und sehr glücklich. Hatte sie nicht alles, was sie sich nur erträumen konnte? Susanne war wieder ganz gesund, und vorher, in der Kirche ... als sie ihre Hand in Konnys legte, leuchteten ihre Augen, und sie sah strahlend schön aus. Doch in Konnys Blick, als er „Ja, ich will“ mit heiserer Stimme flüsterte, lag die Erinnerung an die schweren Tage, in denen sie um Susannes Leben gefürchtet hatten. Philippa wusste, dass er ihre Tante schon lange geliebt hatte – ebenso wie sie. Die Angst, die sie und Konny um

Susanne ausgestanden hatten, machte ihr jetziges Glück nur noch wertvoller.

Und da gab es auch noch Alina und Oberon und Titania und Orsino und natürlich Topas! Für Fipps war er das schönste, klügste und wundervollste Pferd der Welt. In Zukunft konnte sie ihn schon morgens sehen, direkt nach dem Aufstehen! Fipps hätte nie gedacht, dass sie das kleine Haus, in dem sie aufgewachsen war, einmal gerne verlassen würde, doch so sehr sie es geliebt hatte: Zur Hochzeit hatte Titania Susanne und Konny den Cyriakushof überlassen. Philippa konnte sich nichts Schöneres vorstellen, als dort, so nahe bei den Pferden, zu wohnen. Und mehr noch: Susannes zweites Hochzeitsgeschenk von Oberon und Titania war eine junge Fuchsstute, die im nächsten Frühjahr ihr erstes Fohlen von Topas bekommen würde.

Beim Gedanken an die Stute, die Susanne ‚Morgenrot' getauft hatte, musste Philippa fast lachen. Wer hätte gedacht, dass ihre Tante, die immer Angst vor Pferden gehabt hatte, einmal ein eigenes besitzen und sich daran freuen würde? Doch die sanfte Morgenrot war für Susanne während ihrer Zeit im Elfenreich wie eine Freundin geworden; das erste Pferd, dem sie vollkommen vertraute. Zwar fühlte sie sich im Sattel immer noch nicht wohl, doch sie liebte es, mit Morgenrot an der Hand lange Spaziergänge durch das Wiesental zu unternehmen. Und irgendwann – davon war Fipps überzeugt – würde ihre Tante auch Lust bekommen, ihr Pferd zu reiten. Schließlich war sie jetzt mit einem Reiter verheiratet. Konny würde es Susanne schon beibringen ...

„Wow, Großvater tobt sich mal wieder richtig aus!" Philippa legte den Kopf in den Nacken und bestaunte das Feuerwerk, das am Nachthimmel über dem Cyriakushof leuchtete. Oberon hatte sich dabei selbst übertroffen: Erst ließ er blitzende Kaskaden aus Licht vom Himmel fallen, dann Raketen, die sich wie eine Blüte öffneten und tausende von bunt leuchtenden Funken versprühten. Nun war er offensichtlich am Ende seines Programms angekommen: Am Himmel erschienen lauter rot leuchtende Herzchen, die umeinander herumtanzten und sich schließlich umschlangen. Fipps schüttelte lachend den Kopf. „Glaubst du nicht, dass das zu auffällig war?", flüsterte sie Orsino zu, der neben ihr auf der Steinbank im Rosengarten saß. „Ich meine, es wäre ja nicht so gut, wenn morgen in der Zeitung stünde: *Seltsame Vorfälle bei Hochzeit auf Cyriakushof.*"

Orsino streckte seine Beine von sich. „Keine Sorge!", beruhigte er sie. „Der Herr Reporter kriegt nichts mehr mit. Oberon hat ihn mit Elfenwein abgefüllt. Er wird sich morgen nur noch daran erinnern können, dass es ein rauschendes Fest mit toller Musik war und dass die Braut wunderschön ausgesehen hat – wie sich das für eine Braut gehört."

„Na, hoffen wir mal, dass er auch nicht bemerkt hat, wie betreten du warst, als die Kinder vom Waldkindergarten mit den Maiglöckchensträußen kamen!" Fipps musste in der Erinnerung daran lachen. „Du hast mal wieder vergessen, deine Mutter zu gießen, Orsino – gib's zu!" Als sie das erste Mal gehört hatte, dass Orsinos Mutter sich vor Jahren in ein Maiglöckchen verwandelt und dann den Rückverwandlungsspruch vergessen hatte, hatte ihr Orsino leid getan. Doch inzwischen wusste sie, dass Elfen sich in Pflanzenform wohl fühlten und dass Orsino seine Mutter nicht fehlte. Er hatte sie ja um sich – als Maiglöckchen im Topf auf der Fensterbank. Allerdings war er genauso vergesslich wie die Frau Mama, und man musste ihn sehr oft daran erinnern, sein Maiglöckchen-Mütterchen zu gießen.

„Tja ..." Orsino klang reichlich verlegen. „Heute Morgen war ja auch wilde Hektik angesagt." Er kicherte. „Stell dir vor: Oberon hatte zuerst eine goldene Prunkkutsche gezaubert – mit einem Amor, dem Gott der Liebe, auf dem Dach. Nur war ihm der nicht so ganz gelungen. Und da hat er Puck kurzerhand vergoldet, in einen Lendenschurz gesteckt und mit Pfeil und Bogen auf die Kutsche kommandiert."

„Und? Wie fand Puck das?", erkundigte sich Fipps. Sie

wusste, dass Oberons persönlicher Diener Puck ein Kobold war, der seinem Herrn zwar treu ergeben war, aber manchmal einigen Unsinn im Kopf hatte.

„Och, Puck hätte bestimmt brav mitgespielt", antwortete Orsino. „Oberon hat ihm vier Wochen Unkrautjäten in Titanias Kräutergarten angedroht, wenn er Blödsinn macht. Aber ihre Majestät fand die Idee mit der goldenen Kutsche und dem Puck-Amor nicht so ganz gelungen."

„Lass mich raten: Großmutter hat Großvater gesagt, dass er mal wieder total übertreibt und dass aus ihm nie ein vernünftiger Elf werden wird?", kicherte Fipps. Sie wusste, dass ihre Großeltern - bei aller Liebe - selten eine Gelegenheit ausließen, sich zu kabbeln. Und dass Titania die kleinen Auseinandersetzungen fast immer gewann. „Worauf er umdekoriert hat?"

„Dieses Mal hat er sich ganz schön gewehrt", erzählte Orsino. „Er hat sie eine alte Spielverderberin genannt und behauptet, dass sie überhaupt keinen Sinn für Romantik habe."

„Ich glaube, er gibt ihr gerade Nachhilfe in Romantik." Philippa wies mit dem Kinn auf einen Rosenbusch auf der anderen Seite des Gartens. In seinem Schatten stand ein Paar, das sich umarmte. Die Frau hatte ihren Kopf an die Schulter des Mannes gelehnt; ihre Hand spielte mit seinem hüftlangen, weißen Haar. „Wie lange sind sie schon verheiratet?", überlegte Fipps leise.

„Ungefähr 470 Jahre“, antwortete Orsino. „Aber so ist das bei Elfen: Wenn sie einmal die große Liebe gefunden haben, bleiben sie ein Leben lang zusammen.“ Er wandte sich Philippa zu und blickte sie an, als ob er sie das erste Mal sehen würde. Dann flüsterte er mit einem zaghaften Lächeln: „Schön, nicht?“

Fipps konnte nur nicken. Sie hatte plötzlich einen dicken Kloß in der Kehle – und warum übte dieser Schmetterling in ihrem Bauch schon wieder Überschläge? Sie schluckte energisch und erhob sich. „Du, Orsino, kommst du mit in den Stall?“

„Was willst du denn da?“ Orsino war mit ihr aufgestanden.

„Topas auf die Koppel stellen. Wegen der Gäste und ihrer Pferde wollten wir ihn heute tagsüber nicht rauslassen“, erklärte Fipps. „Aber die Nacht ist so schön und mild. Da fühlt er sich draußen bestimmt wohler als in der Box.“ Sie marschierte schon in Richtung Stall.

Orsino trottete hinter ihr her. „Ich weiß nicht, ob das so eine gute Idee ist“, meinte er. „Topas nachts alleine draußen? Ich meine, wir sind hier nicht im Elfenwald.“

„Wer sollte ihm denn was tun?“ Fipps schüttelte den Kopf und öffnete die Stalltür. „Ich muss dir doch nicht erzählen, dass Elfenpferde keine Fremden an sich heranlassen. Also – was soll Topas schon passieren?“

Kapitel 3

Ein ganz normaler Morgen?

„Morgen, Fipps. Holst du mal deinen Schwarzen rein?“ Konny marschierte mit einem gelben Eimer, aus dem er Hafer in die Krippen der Pferde schöpfte, durch den Stallgang.

Fipps lehnte am Tor und rieb sich die Augen. „Mann, Konny, bist du heute morgen früh dran!“

„Nicht früher als sonst.“ Konny beugte sich über eine Müslitonne, die vor einer Box stand und lächelte seiner verschlafenen Ziehtochter zu. „Ich gebe allerdings zu, dass es für den Morgen nach meiner Hochzeit recht früh ist. Doch das kann man nicht vermeiden, wenn man seine Pferde selbst versorgen möchte. Die wollen pünktlich ihr Futter – egal, ob man gerade geheiratet hat oder ob der Schreibtisch im Büro unter Akten zusammenbricht.“

„Wann kommt denn deine neue Pflegerin?“, erkundigte sich Fipps.

„Sie fängt morgen an. Bis dahin müssen wir uns noch alleine durchschlagen." Konny stand jetzt vor Topas' Box und schüttete Hafer in seine Krippe. „Los, hol deinen Hengst rein! Der will doch auch sein Frühstück."

„Bin schon unterwegs!" Fipps gähnte und trottete über den Hof zur Koppel hinüber. Sie war zwar sofort ins Bett gegangen, nachdem sie Topas auf die Wiese gestellt hatte, aber es war trotzdem reichlich spät gewesen. Außerdem hatte sie nicht gut geschlafen. Sie erinnerte sich undeutlich an einen schlechten Traum. Topas hatte darin eine Rolle gespielt - aber welche? Philippa wusste es nicht mehr. Sie erinnerte sich nur noch daran, dass sie schweißgebadet und mit wild klopfendem Herzen aufgewacht, aus dem Bett gesprungen und ans Fenster gerannt war. Die kühle Nachtluft tat ihr wohl - aber noch beruhigender war der Blick zur Koppel: Topas stand in der Mitte der Wiese und graste.

Einen Augenblick musste Fipps gegen die Versuchung ankämpfen, zur Koppel zu laufen. Eine Runde mit Topas schmusen, sein seidiges Fell unter den Händen fühlen, seinen warmen Atem an ihrer Wange - Topas' Nähe machte Fipps immer glücklich. Dennoch beschloss sie widerstrebend, wieder ins Bett zu krabbeln. Susanne wäre sicher nicht begeistert, wenn sie mitten in der Nacht durchs Haus und über den Hof geisterte.

Doch jetzt war es Sonntagmorgen, die Sonne lachte,

und Fipps stand nun am Koppeltor. Am Abend zuvor hatte sie wie immer seinen Führstrick daran angebunden. Doch nun war er weg. Fipps schüttelte unwillig den Kopf. Wo war der Strick geblieben? Hatte Topas damit gespielt und ihn losgemacht?

„Topas!“, rief sie. Der Rappe stand ganz oben am Waldrand, fraß aber nicht, sondern schlug unwillig mit dem Schweif. Offensichtlich wurde er schon am frühen Morgen von Fliegen geplagt. „Schwarzer, komm – dein Hafer ist in der Krippe!“

Als Topas Fipps hörte, hob er den Kopf und sah zu ihr hin. Doch er kam ihr nicht wie sonst üblich entgegen.

Philippa seufzte, öffnete das Koppeltor und stapfte durch das taufeuchte Gras hinauf Richtung Wald. Topas beobachtete sie und schien dabei nachzudenken. Seine Ohren spielten, dann wandte er den Kopf ab und setzte sich plötzlich in Bewegung. Fipps blieb stehen. Sie hoffte, dass er jetzt zu ihr kommen würde, doch stattdessen richtete Topas den Schweif hoch auf, dass er wie eine Fahne im Wind wehte, und lief los. Ein paar Meter galoppierte er, die Mähne fliegend, alle Muskeln seines Körpers angespannt. Dann sprang er plötzlich in die Höhe, nahm den Kopf zwischen die Beine und buckelte wie ein Fohlen am ersten Koppeltag, bevor er weiter den Hang hinunter und am Zaun entlang stürmte.

Philippa beobachtete ihn und fühlte wieder einmal, wie

sie von Liebe und Stolz ausgefüllt wurde. Für sie war Topas das schönste Pferd der Welt! Sie konnte stundenlang einfach nur zusehen, wenn er sich frei bewegte. Die Leichtigkeit, mit der er über die Wiese schwebte; die geballte Kraft seiner Bewegungen; die Eleganz, mit der er trabte – der Hengst war zum Laufen geboren, ein Tänzer, der sich spielerisch um sich selbst drehen und springen konnte.

„Topas, kommst du jetzt?“ Philippa marschierte mit ausgestreckter Hand auf ihn zu. „Schwarzer, komm her!“, lockte sie ihn.

Topas war stehen geblieben, wölbte den Hals, den Schweif immer noch aufgestellt, die großen, dunklen Augen und die Ohren auf Fipps gerichtet. Langsam kam er näher, doch zwei Meter vor ihr drehte er sich mit einem Ruck auf der Hinterhand um und galoppierte wieder los.

Fipps seufzte. „Willst du mit mir Fangen spielen oder was wird das?“, fragte sie. So gerne sie Topas sonst zusah – auch sie hatte noch nicht gefrühstückt, und ihr Magen knurrte.

Topas stand erneut, dieses Mal im Schatten der Obstbäume an der Südseite der Koppel. Verspielt angelte er nach einem Zweig und knabberte daran.

Fipps setzte sich wieder in Bewegung – und sah plötzlich etwas Dunkles in einem Busch hinter Topas hängen.

Sein moosgrüner Führstrick hatte sich in der Hecke verfangen. Fipps ging hinüber, löste ihn und wandte sich dann wieder Topas zu, der immer noch auf dem Zweig herumkaute. „Wetten, dass Hafer besser schmeckt?“, lächelte sie. Topas legte den Kopf schräg und ging einen Schritt auf Fipps zu. Sie streckte die Hand aus und trat zu ihm. Topas senkte die Nase und blies ihr seinen Atem über die Hand, bevor er sich an sie schmiegte.

„Na, mein Süßer – deinen Frühsport hattest du ja jetzt. Dann können wir zum Frühstück gehen, ja?“ Fipps klinkte den Führstrick an seinem Halfter ein und marschierte los, dem Koppeltor entgegen.

Normalerweise folgte ihr Topas mit der Nase an ihrer Schulter. Doch an diesem Morgen schien er es eilig zu haben. Er stürmte an Fipps vorbei und rempelte sie dabei auch noch an. „He!“, schimpfte Philippa und zog einmal energisch am Strick. „Benimm dich!“

Topas tänzelte neben ihr her – und wollte wieder an ihr vorbeipreschen, wobei der Strick schmerzhaft durch Philippas Hand rutschte. „Autsch!“ Fipps blieb stehen, stampfte resolut mit dem Fuß auf und ruckte an Topas’ Seil. „Halt! Jetzt steh erst einmal!“

Doch Topas dachte nicht daran. Er zerrte weiter am Strick und zappelte voller Ungeduld. „Schluss jetzt!“ Fipps liebte ihren Rappen sehr, aber sie hatte gelernt, ihn dennoch zu erziehen, wenn er nicht parierte. Meist war es aber nicht nötig, denn normalerweise war Topas ein Kavalier auf vier Beinen, der immer Rücksicht auf seine Besitzerin nahm.

Aber nicht an diesem Morgen! Topas schlug plötzlich mit einem Hinterbein aus und stiefelte wieder los, wobei er Fipps hinter sich her zog. Doch dieses Mal reagierte sie schnell. Mit einer raschen Bewegung war sie vor ihm und zwickte ihn energisch in die Brust. „Halt, Topas! Steh!"

Überrascht von so viel Widerstand blieb der Hengst stehen und schaute sie an. Fipps klopfte ihm den Hals. „So ist es brav! Und jetzt gehen wir ganz ordentlich in den Stall!"

„Was meinst du?" Alina lag auf dem Bauch auf einer Decke, den Kopf in die linke Hand gestützt. Mit der rechten deutete sie auf das Reitermagazin, das vor ihr im Gras lag. „Schau mal – der Reitverein in Donzdorf veranstaltet in sechs Wochen ein Turnier. Und es gibt ein E-Springen."

„Willst du mit Oskar starten?" Fipps drehte sich auf den Rücken und rieb sich den Bauch. „Oh Mann, ich hab zu viel Schokoladekuchen gegessen!", jammerte sie.

„Stimmt. Du hast reingehauen, als ob es nie mehr Kuchen geben würde", stellte Alina fest. „Aber was hältst du von der Idee? Glaubst du, ich könnte das schaffen?"

„Wenn ich dich trainiere, schaffst du das!" Orsino, der im Schneidersitz neben den Mädchen saß und einen

Hosenknopf studierte, grinste großspurig. „Außerdem ist E so niedrig, dass du sogar ohne Oskar rüberkommen würdest.“

„Nur kriege ich dann keine Schleife.“ Alina setzte sich auf.

„Brauchst du eine? Ich kann dir eine zaubern!“, bot Orsino an.

Fipps kicherte. „Aus einem Hosenknopf?“

„Nö. Aus dem mache ich einen Frosch.“ Orsino warf den Knopf in die Luft und wedelte einmal mit der Hand. Aus dem Knopf sprühten einige Funken, dann hüpfte er noch einmal hoch, quakte und fiel wieder ins Gras. Orsino verzog das Gesicht. „Tja ...“, machte er.

„Tja!“, wiederholte Fipps grinsend und nahm den Knopf aus dem Gras. Er war nun grün, und die beiden Löcher, die er vorher gehabt hatte, waren zu einem Schlitz verschmolzen. „Sieht irgendwie nicht nach Frosch aus.“

„Ich übe ja auch noch!“, verteidigte sich Orsino gekränkt.

„Aber Schleifen zaubern wollen!“ Fipps gab Alina einen freundschaftlichen Knuff. „Ich glaube, du solltest lieber ernsthaft mit Oskar trainieren. Dann kommst du eher zu einer Schleife, als wenn du darauf wartest, dass Orsino dir eine zaubert. Aber sag – warum bist du eigentlich so scharf darauf?“

„Wegen meines Bruders!“, seufzte Alina. „Du kennst

ihn doch! Er gewinnt beim Tischtennis dauernd irgendwelche Pokale und zieht mich die ganze Zeit durch den Kakao. So in der Art: Reiten sei gar kein richtiger Sport, weil sich da ja nur das Pferd bewegt, und so weiter."

„So ein Blödmann!", sagte Philippa entschieden. „Wir sollten ihn mal auf Topas setzen – dann wüsste er, wie viel man sich beim Reiten bewegen muss!"

„Mein Bruder auf Topas!" Alina kicherte. „Der würde sich noch nicht mal auf Oskar setzen. Er hat Angst vor Pferden."

Fipps verdrehte die Augen. „Jungs!", kommentierte sie nur.

„He! Ich bin auch ein Junge!", protestierte Orsino. „Und ich habe keine Angst vor Pferden." Er warf noch einmal seinen grünen Knopf in die Höhe und beschwor ihn mit beiden Händen. Dieses Mal schien sein Zauber zu funktionieren: Der Knopf blieb eine Handbreit über dem Boden in der Luft hängen, wurde größer und nahm tatsächlich die Form eines Frosches an. Orsino strahlte. „Siehst du!", sagte er triumphierend.

Dummerweise war sein Knopf aber nicht damit zufrieden, zum kleinen Frosch geworden zu sein. Er schwoll weiter an, erreichte Ochsenfroschgröße und sagte einmal jämmerlich „Quak!"

Fipps, die inzwischen genug Erfahrung mit Orsinos Zaubereien besaß, griff kurz entschlossen nach Alinas

Nacken, brüllte „Deckung!“ und drückte sich und Alina auf die Decke hinab.

Keine Sekunde zu früh: Orsinos Knopffrosch war inzwischen auf Medizinballgröße geschwollen, und seine Haut war zum Zerreißen gespannt. Dann platzte er mit einem *Blubb* und versprühte dabei grünen Glibber. Orsino bekam das meiste ab und sah aus wie ein grünlich begossener Pudel.

„Mist!“, schimpfte er.

Fipps hob den Kopf, betrachtete ihren Freund und verkniff sich ein Lachen. „Oh, Orsino! Ich glaube, das musst du noch ein bisschen üben!“ Sie konzentrierte sich, schnipste mit dem Finger und wischte einmal vor Orsinos verkleckertem Gesicht durch die Luft. Der Froschglibber verschwand unter ihrem Sauberkeitszauber, und Orsino grinste erleichtert.

„Danke. Was täte ich nur ohne dich?“

Kapitel 4

Auf dem Weg in den Elfenwald

Fipps hob die Kehrseite aus dem Sattel und strich mit der flachen Hand darüber. Links schmerzte es ziemlich. Dann setzte sie sich wieder im Sattel zurecht und streichelte Topas über den Hals. Sie verstand immer noch nicht, was da gerade eigentlich passiert war ...

Nach Schulschluss – zum Glück ziemlich früh, weil eine Stunde ausgefallen war – war Philippa sofort zur Koppel gegangen, um Topas zu begrüßen. Doch wie schon zuvor kam er nicht zu ihr. Er hob noch nicht einmal den Kopf aus dem Gras, als Fipps ihn rief.

Also stapfte sie über die Wiese hinauf zum Waldrand, wo er graste, hakte den Führstrick in sein Halfter ein und sprach leise mit ihm. Topas wirkte nicht sehr interessiert. Zweimal versuchte er sogar, seinen Kopf wieder wegzuziehen und weiter zu fressen.

Natürlich: In den letzten Tagen hatte es nachts geregnet. Das Gras oben am Waldrand war frisch und wahrscheinlich besonders schmackhaft. Fipps wunderte sich dennoch darüber, denn Topas war normalerweise nicht so verfressen. Selbst in den ersten Koppeltagen nach dem Winter hatte er sich zwischen zwei Bissen immer Zeit genommen, mit ihr zu schmusen.

Doch es sollte noch schlimmer kommen: Auf dem Weg zum Tor drängte der Hengst so heftig vorwärts, dass Fipps ihn zweimal energisch bremsen musste. Und während sie das Koppeltor schloss, tanzte er um sie herum und ließ sich von ihrem Schimpfen überhaupt nicht beeindrucken.

Topas benahm sich so schlecht, dass Fipps schließlich einen Zweig von einem Busch abriss und dem Hengst damit einen Klaps aufs Hinterteil versetzte. Die Reaktion folgte prompt: Topas schlug unwillig nach hinten aus und stürmte dann vorwärts. Dabei riss er Fipps den Strick so heftig aus der Hand, dass sie sich die Haut am Zeigefinger abschürfte.

Doch damit nicht genug: Als sie ihren Zweig noch einmal einsetzte, wurde Topas erst richtig wütend. Er schlug wieder aus – dieses Mal aber nicht nach hinten. Stattdessen drehte er sich im Auskeilen und erwischte Philippa an der Hüfte.

Es tat so weh, dass Fipps erst einmal für einen Augenblick die Luft wegblieb. Doch schlimmer als der körperliche Schmerz war die Enttäuschung! Bis zu diesem Moment hatte Fipps Topas immer vollständig vertraut. Sie hatte sich immer darauf verlassen können, dass er auf sie acht gab und dass er sich bemühte, ihr nicht wehzutun. Er hatte sie nie getreten, nicht einmal aus Versehen; er hatte nie, wie Oskar es dauernd tat, auf ihren Zehen geparkt, und selbst wenn er sich nach einem Ausritt heißhungrig auf seinen Hafer stürzte, hatte er immer auf Fipps geachtet und sie nie angerempelt.

Dass ihr Topas einmal nach ihr ausschlagen würde – und das sogar absichtlich! – daran hatte Fipps nicht einmal im Traum gedacht. Überhaupt verstand sie nicht, was in den letzten Tagen mit ihm los war. Seit der Hochzeit schmuste Topas nicht mehr mit ihr, kam nicht, wenn sie nach ihm rief, und übersah sie regelrecht. Selbst unter dem Sattel hatte er sich verändert. Das wortlose Verstehen, sein Eifer, ihre Hilfen zu befolgen, fast bevor sie sie gab, waren dahin. Gestern auf dem Reitplatz war es eine einzige Katastrophe gewesen: jeden Schritt vorwärts musste Philippa sich erkämpfen; Topas reagierte nicht auf den Schenkel und warf den Kopf hoch, weil er sich gegen das Gebiss wehrte. Fipps fühlte sich wie eine totale Anfängerin, und Konny, der ebenfalls auf dem Platz ritt, tadelte sie kopfschüttelnd: „Reit vorwärts, Fipps! Lass ihn doch nicht so latschen!“

Aber es war alles andere als ein Vergnügen, Topas' verspannten Trab zu sitzen. Fipps war daran gewöhnt, sich in seinem Sattel wie auf einem Schaukelstuhl zu fühlen, sanft gewiegt von Topas schwingendem Rücken. Doch nun setzte er offensichtlich sämtliche Rückenmuskeln gegen sie ein! Er fühlte sich an wie ein Brett, und Philipps musste sich sehr konzentrieren, um nicht bei jedem Trabtritt aus dem Sattel gehoben zu werden. Sie wartete eigentlich nur darauf, dass Konny seinen Spezialsatz rief: „Bei dir klappt heute wohl nichts – außer dem Gesäß". Er verkniff ihn sich, aber im Vorbeireiten bemerkte er: „Lass dein Becken mehr schwingen, dann flattern auch deine Beine nicht mehr so! Das irritiert ihn doch!"

Fipps versuchte ihr Bestes, aber wie sollte sie ihr Becken schwingen lassen, wenn von Topas nur harte, eckige Bewegungen kamen und er dauernd gegen ihre Hand ging? Er rannte wie eine Giraffe mit hochgeworfenem Kopf und weggedrücktem Hals über den Reitplatz; seine ganze Haltung war ein einziger Protest gegen seine Reiterin.

Fipps war zum Heulen – was war nur mit Topas los?

Konny beruhigte sie. „Jedes Pferd, auch das allerbeste, hat mal einen schlechten Tag. Bei deinem Topas kommt es so selten vor, dass du wahrscheinlich schon gedacht hast, dass er immer super gehen würde. Das ist aber mit Pferden nicht so. So wie wir mal Kopfweh und schlechte

Laune haben, kann's denen auch mal mies gehen. Mach dir nichts draus – morgen wird's bestimmt wieder besser!", tröstete er.

Dennoch hatte Fipps die ganze Nacht gegrübelt. Was war mit Topas? Nahm er ihr den Umzug auf den Cyriakushof übel? Früher hatte er schließlich immer nur ein paar Tage am Stück auf dem Gestüt verbracht und war ansonsten meist im Elfenwald gewesen, wo er nicht in einer Box stehen musste. Wie alle Elfenpferde besaß er dort einen Laufstall, in den er sich bei schlechtem Wetter verziehen konnte. Aber meistens streifte er frei durch den Wald. War es vielleicht die Freiheit, die ihm fehlte? Oder vermisste er die anderen Elfenpferde?

Andererseits: Seine Freundin Morgenrot stand doch jetzt auch auf dem Cyriakushof! Sie hatte die Box neben ihm bezogen, war aber wie Topas meist nur über Nacht darin. Tagsüber grasten die beiden auf benachbarten Koppeln.

In den ersten Tagen schien ihnen das auch sehr zu gefallen. Wann immer Fipps vorbeikam, standen der Hengst und die Fuchsstute am Zaun und schmusten miteinander. Doch in letzter Zeit interessierte sich Topas nicht einmal mehr für Morgenrot. Sie wartete immer noch täglich am Zaun und wieherte sehnsüchtig nach ihm ... und Topas ignorierte sie.

Was war mit Topas los? Fipps kam es beinahe so vor,

als ob jemand ihr Pferd ausgetauscht hätte. Dabei hatte er vorher beim Putzen sogar für einen Augenblick mit ihr geschmust. Doch gleich danach benahm er sich wieder seltsam: Normalerweise liebte er es, wenn Fipps seinen Kopf in die Arme nahm und ihn drückte. Heute befreite er sich sofort aus ihrer Umarmung und trat einen Schritt zurück. Und als sie dann noch einmal nach ihm fasste, legte der Hengst seine Ohren drohend zurück.

Nein, mit Topas war definitiv etwas nicht in Ordnung. Und zum ersten Mal, seit Fipps ihn kannte, fühlte sie sich in seinem Sattel nicht sicher. Sie war regelrecht froh, dass sie heute alleine mit ihm ausgeritten war. Alina und Oskar trainierten auf dem Springplatz, wo Orsino ihnen Unterricht gab. Normalerweise hätte Fipps gewartet, bis sie fertig waren und sie zu einem Ausritt in den Elfenwald begleiten konnten. Aber an diesem Tag war sie alleine losgezogen, weil sie plötzlich nicht mehr darauf vertraute, dass Topas keinen Unsinn machen würde. Und die Vorstellung, dass er abging und dabei Oskar mitzog – nein, danke! Fipps war ziemlich sicher, dass sie es schaffen würde, Topas wieder einzufangen, aber sie wollte wirklich nicht riskieren, dass Alina auf Oskar in Gefahr geriet.

Im Moment sah es allerdings nicht danach aus, als ob Topas der Sinn nach Durchgehen stehen würde. Ganz im

Gegenteil. Fipps hatte reichlich zu tun, um ihn bergauf im Trab zu halten. Dabei galoppierte er doch normalerweise den Berg zum Eschentor hinauf, als ob es nichts wäre!

Philippa nahm die Zügel ein wenig kürzer und drückte noch einmal mit beiden Schenkeln fester zu. Topas beschleunigte ein wenig, doch ging er lange nicht so schwungvoll und munter, wie sie es von ihm gewohnt war. Aber immerhin waren sie jetzt oben auf dem Weg angekommen, der am Waldrand entlang führte. Topas fiel von sich aus in Galopp und steuerte auf die Lichtung mit den beiden gekreuzten Eschen zu, die das Tor zum Elfenreich bildeten.

Vermisste er etwa doch sein altes Zuhause? Fipps streichelte über seinen Hals. „Wenn es das ist, mein Großer", sagte sie leise, „dann darfst du natürlich bleiben. Du musst nicht auf dem Cyriakushof leben, wenn du nicht willst."

Doch dass Topas lieber im Elfenwald als bei ihr sein wollte, stimmte sie traurig. Sie hatte damals mit ihrem Großvater über Topas' Umzug auf den Cyriakushof gesprochen und ihn gefragt: „Glaubst du nicht, dass er Heimweh nach dem Elfenwald haben wird?"

Oberon hatte den Kopf geschüttelt. „Solange du da bist, nicht." Dann hatte er ihr liebevoll zugelächelt. „Mein Kind, du vergisst, dass Topas ein Elfenpferd ist. Elfenpferde suchen sich ihren Partner, und wenn sie ihn einmal gefunden haben, bleiben sie ihm ein Leben lang treu. Sie dienen ihm, sie leben mit ihm. Solange sie bei ihrem Reiter sind, ist die Welt für sie in Ordnung."

Sie hatte genickt und gesagt: „Dann ist es ja gut. Auf dem Cyriakushof können Topas und ich immer zusammen sein – wenn ich nicht gerade in der doofen Schule sitze."

Damals hatte sie keine Sekunde daran gezweifelt, dass sie die Partnerin war, nach der Topas gesucht hatte und der er ein Leben lang treu bleiben würde. Doch in den letzten Tagen war ihre Überzeugung ins Wanken geraten. Vielleicht war Topas ja, wie sein Vater Heros, Oberons Pferd? Immerhin hatte Oberon ihn großgezogen und ihn eingeritten. Wollte er darum bei Oberon sein?

Der Gedanke tat weh. Fipps schluckte einen Kloß im Hals hinunter und beugte sich tiefer über Topas' Hals. „Du bist doch mein Pferd – nicht?", sagte sie leise.

Der Rappe spielte unruhig mit den Ohren und beschleunigte seinen Galopp. Er hatte das Eschentor jetzt beinahe erreicht; seine Hufe griffen weit aus, als er seitlich abbog, noch einmal seine Sprünge vergrößerte und dann absprang, über das Gestrüpp zwischen den beiden gekreuzten Eschen hinüber.

Als sich der Hengst unter Philippa streckte und über die Brombeerhecken hinweg flog, fühlte es sich so wunderbar wie immer an. Genau wie die längst vertraute Empfindung beim Passieren des Tors – als ob sie durch ein Gespinst von Spinnweben reiten würde, ein kühler Hauch und dann der tiefe Frieden des Waldes dahinter.

Fipps atmete tief aus und ließ die Zügel etwas länger. Sie war plötzlich sicher: Alles würde in Ordnung kommen. In ein paar Minuten würde sie auf der Lichtung an der Quelle eintreffen, Oberon sehen und ihn wegen Topas um Rat fragen. Ihr Großvater würde sicher wissen, was mit dem Schwarzen los war und was Fipps tun konnte, um ihn wieder glücklich und zufrieden zu machen.

Kapitel 5

Topas geht durch

Verflixt, lief heute denn auch alles schief? Fipps fummelte an Topas' Bügelriemen herum, zog ihn herunter, führte den widerstrebenden Hengst an einen Felsbrocken und schwang sich in den Sattel. „Also, ich reite dann mal wieder zurück", verkündete sie.

Die alte Küchenelfe Arabenra seufzte. „Und du bist sicher, dass du nicht wenigstens noch ein bisschen Schokoladenkuchen essen möchtest, Prinzessin? Es ist ein langer Weg zurück auf den Cyriakushof."

„Danke, Arabenra, das ist lieb von dir, aber ich hab wirklich keinen Hunger." Fipps zog den Verschluss ihres Helmes fest. „Zu blöd, dass Großvater nicht da ist", sagte sie.

Die alte Küchenelfe zuckte mit den Achseln. „Der König hat viele Pflichten. Aber ich werde ihm sagen, dass du hier warst."

Fipps nahm die Zügel auf. „Und dann ruft er mich an oder schickt mir eine E-Mail?“, fragte sie spöttisch.

„Wie bitte?“ Arabenra hatte, wie sie einmal selbst erzählt hatte, seit mindestens einem Jahrhundert die Elfenwelt nicht mehr verlassen. Sie hatte keine Ahnung von moderner Technik und starrte Philippa verständnislos an.

Fipps tat es leid, die alte Elfe verwirrt zu haben. „Verzeihung, Arabenra – ich bin nur enttäuscht, weil ich Großvater nicht getroffen habe. Ich hätte so gerne mit ihm geredet.“

„Es ist schon gut, Prinzessin.“ Arabenra legte eine rundliche Hand auf Philippas Knie. „Pass gut auf dich auf, ja?“

„Natürlich. Mache ich doch immer.“ Fipps lächelte noch einmal zu ihr hinunter. „Aber jetzt muss ich wirklich los!“ Sie spannte die Schenkel an. „Komm, Topas, reiten wir zurück auf den Cyriakushof!“ Doch der Rappe wollte nicht. Er nahm den Kopf hoch und trat einen Schritt zurück. „Topas!“ Fipps klopfte sanft mit beiden Schenkeln und drückte ihre immer noch schmerzende Kehrseite tiefer in den Sattel. „Ich weiß, dass du lieber hier bleiben würdest – aber Oberon ist sowieso nicht da!“

Dieses Mal gehorchte der Hengst und setzte sich in Bewegung. Fipps seufzte. Sie hatte so gehofft, dass ihr der Großvater bei ihrem Problem mit Topas helfen würde! Und nun waren weder er noch Titania im Elfenwald!

Wie hatte Arabenra gesagt? „Es gibt wieder Ärger mit den Zwergen im Nordreich. Dein Großvater ist heute Morgen aufgebrochen, um das in Ordnung zu bringen. Und deine Großmutter ist schon seit gestern unterwegs – ein Familienstreit im Südreich, den sie schlichten muss. Ich weiß nicht, wann deine Großeltern zurückkommen, Prinzessin."

Himmel, warum mussten die blöden Zwerge gerade dann den Aufstand proben, wenn Fipps ihren Großvater brauchte? Und gab es denn sonst niemanden im Elfenreich, der sich darum kümmern konnte? Wieso setzte sich der berühmte Rat der Ältesten nicht dafür ein? Oder waren die nur für endlose Beratungen und für die Produktion von meterlangen Pergamenten mit irgendwelchen Verkündigungen gut?

Für einen Augenblick musste Philippa über sich selbst lachen. Orsino hatte ihr erst vor Kurzem erzählt, wie er kurz nach der Verwandlung seiner Mutter in ein Maiglöckchen als kleiner Junge mit Oberon vor dem Rat der Ältesten erschienen war, um als Oberons Ziehsohn anerkannt zu werden. Dabei war es sehr feierlich und beeindruckend zugegangen. „Stell dir eine weiße Burg auf einer sturmumtosten Klippe über dem Meer vor und darin ein Saal mit Wänden aus Kristall, der im Licht von tausenden von Kerzen glitzert. Und in dem Saal zehn uralte Elfen in strahlend blauen Gewändern, manche mit knielangem, weißem Haar. Selbst Oberon musste das Knie vor ihnen beugen ...“, hatte Orsino die Szene geschildert.

Nun stellte sich Philippa vor, wie sie in den Saal hineinplatzte, die Hände in die Hüften gestemmt und verlangte, dass man irgendjemand anderen losschickte, um den Ärger mit den blöden Zwergen zu schlichten. „Weil ich nämlich meinen Großvater brauche. Ich habe Stress mit meinem Pferd – es hat mich heute in den Hintern getreten!“

Den Ältesten würden wahrscheinlich die meterlangen Haare zu Berge stehen – und Philippa würde für so viel Respektlosigkeit in eine Kröte oder Ähnliches verwandelt. Und als Kröte würde sie gar nicht mehr reiten können. Nein, es war sicher besser, wenn sie es nicht mit den Ältesten zu tun bekam. Titania hatte einmal erwähnt, dass die schon reichlich geschockt gewesen waren, als sie gehört hatten, dass Philippas Mutter einen Menschen geheiratet und mit ihm ein Halb-Menschenkind bekommen hatte. „Dein Großvater musste ziemlich kämpfen, bis sie anerkannten, dass du Ansprüche auf dein Elfenerbe besitzt“, hatte sie gesagt. „Und eines Tages, wenn du erwachsen bist, wirst du ihnen beweisen müssen, dass du eine würdige Vertreterin unserer Linie bist.“

Aber daran wollte Philippa gar nicht denken. Sie wusste, dass sie sich eines Tages zwischen der Elfen- und der

Menschenwelt würde entscheiden müssen, und so lieb sie die Menschen um sich herum hatte – ihr war klar, dass sie den elfischen Teil ihres Wesens und das Elfenreich nicht wieder aufgeben wollte.

Aber zum Glück hatte sie ja noch viele Jahre, bis sie ernsthaft darüber nachdenken musste. Im Moment konnte sie beides haben: die Menschenwelt mit ihrer Familie, und Konny gehörte selbstverständlich dazu, obwohl er erst wenige Tage mit Susanne verheiratet war. Dann Alina, die schon seit langem wie eine Schwester für sie geworden war – und auf der anderen Seite die Elfenwelt mit Oberon, Titania, Orsino, den anderen Elfen und den Pferden.

Apropos Pferde: Topas, der sich auf der Lichtung an der Quelle benommen hatte, als ob er die Elfenwelt am liebsten nicht mehr verlassen würde, hatte es jetzt doch eilig, wieder auf den Cyriakushof zurück zu kommen. Er galoppierte durch den Elfenwald auf das Eschentor zu, als wäre jemand hinter ihm her.

Fipps wurde etwas unbehaglich. Sie wusste, dass Topas auch aus schnellem Tempo sicher sprang, aber sie bekam dabei immer eine ganze Menge Zweige ins Gesicht. Und die Brombeerhecke war schon in Sicht!

Fipps, die bisher im leichten Sitz geritten war, ließ sich wieder im Sattel nieder, fasste die Zügel etwas kürzer und spannte das Kreuz an. Normalerweise reagierte Topas sofort darauf, indem er das Tempo verkürzte, doch heute dachte er nicht daran. Im Gegenteil: Er wurde sogar noch schneller. Fipps probierte noch einmal, ihn durchzuparieren, dieses Mal deutlich energischer. Doch Topas war damit absolut nicht einverstanden. Er riss den Kopf hoch und drückte den Rücken durch.

Fipps war darauf nicht vorbereitet gewesen. Sie kippte nach vorne auf Topas' Hals und verlor einen Bügel. Einen Augenblick fürchtete sie zu stürzen, doch dann gelang es ihr, sich in den Sattel zurück zu kämpfen und den Bügel wieder zu angeln. „Topas – was ist denn mit dir los?“, schimpfte sie.

Genau in diesem Moment sprang Topas über die Hecke! Fipps, die darauf nicht vorbereitet gewesen war, bekam einen Schlag in die Kehrseite, fiel auf seinen Hals und konnte sich gerade noch an Topas' langer Mähne festklammern. Doch dadurch kam Topas aus dem Gleichgewicht. Seine Landung fiel härter aus als gewohnt, er korrigierte sich dabei zur Seite – und wenn Fipps sich nicht beidhändig in seiner Mähne verkrallt hätte, wäre sie sicher gestürzt. Ihr linkes Bein war vor den Sattel gerutscht, der Bügel war schon wieder weg, doch Topas galoppierte weiter, als wäre ihm noch nicht einmal aufgefallen, dass seine Reiterin das Gleichgewicht verloren hatte.

Zum ersten Mal, seit sie in den Sattel gestiegen war,

fühlte Fipps so etwas wie Panik in sich aufsteigen. Sie hing immer noch an Topas' Hals und tastete mit dem Fuß verzweifelt nach ihrem Bügel; das Knie rieb schmerzhaft am harten Leder des Sattels. „Topas!!!“ Was war nur mit dem Hengst los? Er galoppierte nun nicht mehr, sondern raste in wilder Panik davon; auf seinem Hals bildeten sich dicke Schaumflocken.

Und noch schlimmer: Am Waldrand bog er vom Weg ab und stürmte nun steil bergab, die Wiese hinunter. Fipps konnte sich gerade noch unter dem Ast eines Apfelbaumes wegducken – und plumpste dann mit einem schmerzhaften Ruck zurück in den Sattel, als Topas seitlich ausbrach. Ohne sein Tempo zu verringern, jagte er mit hoch erhobenem Kopf durch das hohe Gras.

Irgendwo in der Ferne hörte Fipps jemanden schreien – war sie das gewesen? Nein, ihre Zunge klebte am Gaumen und sie hätte nicht genügend Atem gehabt, um einen Laut hervorzubringen. Sie fand es schwer genug, überhaupt noch Luft zu bekommen. Und dann passierte es: Topas stolperte! Fipps schaffte es irgendwie, im Sattel zu bleiben, biss sich dabei aber schmerzhaft auf die Zunge. „Topas, Topas!“, flehte sie leise. Sie hatte noch nie in ihrem Leben solche Angst gehabt, nicht einmal, als sie auf dem Gestüt Drei Quellen in einen brennenden Stall hineingerannt war.

Dabei fürchtete sie nicht einmal um sich selbst. Ihre

Gedanken kreisten nur um Topas. Die Wiese war im unteren Teil voller Maulwurfshügel – was, wenn Topas bei seiner panischen Flucht in einen hineintreten und sich ein Bein brechen würde? „Topas, bitte bleib stehen ...“

Doch der Hengst hörte nicht auf sie. Immerhin fanden Fipps' tastende Finger die Zügel wieder – schweißverklebt und glitschig hingen sie auf Topas' Hals. Fipps nahm sie auf – und versuchte, energisch am linken zu ziehen. Von irgendwoher überfiel sie die Erinnerung an etwas, was sie einmal gelesen hatte: dass man versuchen sollte, ein durchgehendes Pferd in eine Volte zu ziehen und diese dann immer kleiner zu reiten, bis das Pferd zum Stehen kommt.

Aber Topas fand die Idee nicht gut. Als er den Druck im Maul spürte, nahm er den Kopf zwischen die Vorderbeine und kickte gleichzeitig beide Hinterbeine hoch in die Luft. Fipps hatte keine Chance. Vor ihr war plötzlich kein Pferd mehr, dafür bekam sie von hinten einen Schlag in die Kehrseite. Sie flog über Topas' Kopf hinweg, überschlug sich in der Luft, landete auf dem Rücken auf der Wiese und rutschte noch ein Stück weiter, bis sie mit den Füßen gegen einen Obstbaum knallte. Aus den Augenwinkeln sah sie, wie Topas an ihr vorbeistürmte.

Sie wollte schreien, aufstehen, hinter ihm herlaufen, ihn einfangen – doch nichts ging. Fipps war, als ob ihr ein zentnerschwerer Stein auf der Brust lasten würde. Verzweifelt schnappte sie nach Luft. Tränen rannen über ihre Wangen, während sie noch einmal versuchte, Atem zu schöpfen – doch es ging immer noch nicht.

Plötzlich war Alina bei ihr und bettete Philippas Kopf in ihren Schoß. „Fipps – Fipps! Bist du okay? Sag doch was!“, rief sie verzweifelt.

Fipps japste und versuchte, sich aufzurichten. Doch sie konnte immer noch nicht richtig atmen. „Ich ...“ Mehr ging nicht. „Top...“

Alina verstand trotzdem. „Keine Sorge, Orsino fängt ihn ein! Fipps ...“

„Jaaa ...“ Endlich! Es ging wieder. Sie bekam Luft und nahm einen tiefen Atemzug. „Ali, ich bin okay. Aber Topas?“ Sie musste noch einmal tief durchatmen.

Alina schaute über die Schulter. „Orsino hat ihn. Er scheint in Ordnung zu sein.“ Sie streichelte über Fipps’ Wange. „Nicht bewegen, Fipps! Bleib einfach liegen. Orsino holt Hilfe.“

Fipps schluckte und bewegte ihre Zehen in den Reitstiefeln. Es funktionierte, und ihre Finger gehorchten ihr auch wieder! Noch einen tiefen Atemzug, dann setzte sie sich langsam auf und nahm den Helm ab. „Mir ist nichts passiert, Alina.“

„So siehst du aber nicht aus! Du bist totenbleich!“ Alinas rundliches Gesicht war ebenfalls weiß geworden, die Sommersprossen darauf stachen scharf gegen die helle Haut ab. „Mensch, Fipps – wie konnte das denn passieren?“

„Keine Ahnung. Topas ist mir durchgegangen.“ Fipps drehte mühsam den Kopf und sah, wie Orsino auf Galadir auf sie zu ritt, den schweißtriefenden, schwer atmenden Topas am Zügel.

„Bist du in Ordnung, Fipps?“, rief er.

Fipps sortierte ihre Beine und nahm dankbar den Arm, den ihr Alina anbot. Langsam stand sie auf, aber sie musste sich gleich wieder an den Baumstamm lehnen. „Nichts passiert. Was ist mit Topas?“

Orsino antwortete nicht. Er war von Galadir gesprungen und hielt nun Alina die Zügel hin. „Halt mal“, kommandierte er kurz. „Fipps, du kommst klar?“

„Ja, ich bin okay. Ich muss nur noch einen Moment verschnaufen.“

Orsino kam näher, Topas hinter sich herziehend. Sein schmales Gesicht wirkte plötzlich sehr erwachsen und ernst, und in seinen blauen Augen leuchtete ein kaltes Feuer. „Gibst du mir mal deinen Helm?“ Ohne ihre Antwort abzuwarten, nahm er ihn aus Fipps’ Händen und setzte ihn auf.

„Was hast du vor?“, fragte Alina.

„Ich steige auf Topas. Das können wir ihm nicht durchlassen – und Fipps ist gerade nicht in der Verfassung, ihm eine Lektion zu erteilen!“ Orsino hatte noch nicht zu Ende gesprochen, als er schon im Sattel saß, die Zügel aufnahm und Topas im Trab antreten ließ.

„Orsino! Nicht ...“ Fipps biss sich auf die Unterlippe. Sie wollte Orsino aufhalten. Was, wenn er auch noch fallen würde? Topas hatte nämlich schon wieder drohend die Ohren angelegt.

Doch der junge Elf gab ihm keine Chance. Mit kraftvollem Schenkeldruck zwang er den Hengst auf einen engen Kreisbogen. Topas schäumte, seine Hufe stampften wütend in den Wiesenboden und Fipps sah, wie er versuchte, seitlich auszubrechen. Doch Orsino war darauf vorbereitet gewesen und hielt Topas auf der Volte. „Mein Freund – die Nummer ziehst du mit mir nicht ab!“, schimpfte er. „Du wolltest rennen? Jetzt renn!“ Er lenkte Topas zum Hang und ließ ihn angaloppieren. Der Rappe wehrte sich, indem er versuchte, den Kopf zwischen die Vorderbeine zu nehmen. Orsino verpasste ihm eine kräftige Parade – Alina rief „Autsch!“, aber es funktionierte – und Topas galoppierte den Hang hinauf, zwar mit kurzen, verspannten Tritten, aber doch in der Gewalt seines Reiters.

Fipps schloss noch einmal die Augen und wischte sich mit dem Handrücken die Tränen von der Wange. Hatte sie sich je in ihrem Leben so mies gefühlt? Nicht nur, dass sie von Topas gestürzt war ... nein, jetzt musste Orsino ihn auch noch Korrektur reiten, weil sie selbst nicht dazu fähig war!

„Tut dir was weh?“, fragte Alina besorgt.

Fipps schüttelte den Kopf und kämpfte gegen das Weinen an. Es half aber nichts – die Tränen rannen, und sie konnte einen Schluchzer nicht unterdrücken.

Doch plötzlich war da eine warme Samtnase, die sich an ihre Wange drückte. Galadir war näher gekommen und blies Fipps tröstend seinen Atem übers Gesicht. „Oh, Galadir!“ Fipps legte die Arme um seinen Hals und drückte ihr Gesicht gegen sein weiches Fell.

Kapitel 6

Wieder zu Hause

Fipps lag auf der gemütlichen Couch im Wohnzimmer des Cyriakushofs, eine Decke über den Beinen und Kater Asmodeus im Schoß. Sie fühlte sich immer noch sehr mies und den Tränen nahe, aber das Schnurren des Katers und sein weiches Fell unter ihren Händen waren tröstlich.

Sie war erschöpft und gleichzeitig hellwach. Vor einer Stunde war sie heimgekommen – in Galadirs Sattel. Sie hatte sich total besiegt gefühlt. Orsino hatte nicht zugelassen, dass sie nach seiner Korrektur-Aktion – und er hatte Topas wirklich hart arbeiten lassen – wieder auf ihr eigenes Pferd stieg. „Im Moment bist du nicht in der Verfassung, einen Buckler auszusitzen“, hatte er bestimmt. „Wir riskieren nichts, du reitest Galadir.“ Und zum ersten Mal, seit sie Orsino kannte, hatte sie entdeckt, dass er mit Oberon nicht nur die blauen Augen gemeinsam hatte:

sein Ton, der keinen Widerspruch duldete, die Energie, mit der er die Führung übernommen hatte – er war Oberons Ziehsohn, ein Prinz des Elfenreiches, und er war sich dessen bewusst.

Nur Philippa fühlte sich im Moment keineswegs wie eine Elfenprinzessin, sondern im Gegenteil sehr klein und sehr verstört. Ihr Sturz vom Pferd war ja gar nicht das Schlimme, aber die Art, wie es passiert war! Es war nicht einfach irgendwie dumm gelaufen. Nein, Topas hatte sie abgesetzt – bewusst und mit Absicht.

Draußen auf dem Balkon hörte Fipps jetzt leise Stimmen. Unwillkürlich spitzte sie die Ohren und schaute zur offenen Balkontür hinüber. Darin spiegelten sich zwei Silhouetten: die zierliche Susanne und ihr hoch gewachsener, magerer Ehemann. Konny hatte Susanne in den Arm genommen und streichelte beruhigend über ihren Rücken. „Liebes, ich weiß, es war ein schlimmer Schock für dich. Aber jetzt können wir uns wieder abregen. Fipps ist ja nichts passiert. Sie ist gesund und munter ...“

Fipps schluckte erneut an Tränen. Schon auf dem Ritt nach Hause hatte sie der Gedanke an Susanne bedrückt. Sie wusste, wie viel Angst ihre Tante immer um sie ausstand, wenn sie auf dem Pferd saß, und dass sie immer einen Sturz befürchtete. Susanne hatte schließlich ihren geliebten Bruder durch einen Reitunfall verloren. Heimkommen und ihr sagen zu müssen, dass sie gefallen war:

Fipps hätte viel darum gegeben, sich und ihrer Tante diesen Moment ersparen zu können.

Und tatsächlich: Fipps hörte ein unterdrücktes Schluchzen von Susanne und ihre zitternde Stimme. „Konny, ich hab an Sebastian gedacht."

„Natürlich, Liebes", tröstete Konny seine Frau. „Aber schau mal: Philippa ist nichts passiert. Sie hat nur ein paar Prellungen! In ein paar Tagen ist sie wieder wie neu."

„Und dann setzt sie sich wieder aufs Pferd - und sie könnte jederzeit wieder stürzen! Vielleicht mit viel schlimmeren Folgen", klagte Susanne.

„Suse, meine Suse!" Konny küsste Susannes gesenkten Kopf. „Ich will nicht bestreiten, dass man beim Reiten runterfallen kann. Ich bin selbst oft genug unfreiwillig abgestiegen. Aber schau: Hier bin ich, 46 Jahre alt, seit 40 Jahren im Sattel, seit 30 Jahren als Vielseitigkeitsreiter unterwegs - und ich lebe immer noch! Ich hab mir nie was Wichtiges gebrochen. Ich habe nie eine wirklich schlimme Verletzung gehabt und ich gedenke, nichts daran zu ändern. Ich werde im Sattel 90 Jahre alt, Schatz."

„Ach, Konny!" Susanne legte den Kopf an die Schulter ihres Mannes. „Musstest du mich daran erinnern, dass du auch dauernd reitest? Ist es nicht genug, dass ich Angst um Fipps habe?"

Fipps hatte ein schlechtes Gewissen, weil sie die Unterhaltung der beiden belauschte. Sie räusperte sich und sagte dann ziemlich laut: „Kater, nimm deine Krallen aus meiner Haut!“

Doch die zwei auf dem Balkon schienen sie nicht zu bemerken. Konny hob gerade Susannes Kinn mit einem Finger an und küsste sie dann auf die Nase. „Das sagt die Frau, deren Hobby Segelfliegen ist? Ja, glaubst du denn, Fipps und ich haben keine Angst, wenn du da oben in diesem Ding aus Sperrholz und Plastik unterwegs bist?“

„Segelfliegen ist lang nicht so gefährlich wie Reiten!“, verteidigte Susanne ihr Hobby. „Wir kommen irgendwie immer wieder runter.“

„Reiter auch!“, lachte Konny.

„Ich wünschte, Fipps und du würden auch fliegen!“

„Das tust du nicht wirklich, Suse“, widersprach Konny und zog Susanne wieder an sich. „Du weißt so gut wie ich: Philippa und ich sind Reiter. Ohne Pferde wären weder sie noch ich je glücklich. Das, was dir das Fliegen bedeutet, ist für uns das Reiten.“

Susanne schwieg einen Moment, zärtlich an Konny geschmiegt. Dann stellte sie sich auf die Zehenspitzen und flüsterte ihm etwas ins Ohr.

Konny lächelte. „Klar. Mach ich. Und, Suse ...“

„Hmm?“

„Ich bin sehr stolz auf dich! Du bist sehr tapfer!“ Er

küsste noch einmal ihre Nasenspitze, dann löste er sich von ihr und betrat das Wohnzimmer. „Hallo, Fipps!"

Fipps schluckte. „Hallo, Konny. Du hast schon gehört, dass mich Topas vorher abgeworfen hat?"

„Ja." Konny kam langsam näher, dabei öffnete er den Knoten seiner Krawatte, zog sie sich vom Hals und schlüpfte aus seinem blauen Jackett. Er warf es über einen Sessel und setzte sich dann neben Fipps aufs Sofa. „Na, Kater – tröstest du Fipps?"

„Hmhm, er war die ganze Zeit bei mir."

„Lieb von ihm." Konny streichelte Asmodeus, schaute dabei aber Fipps an. „Du fühlst dich ziemlich mies, stimmt's?"

Fipps konnte nur stumm nicken.

Konny lächelte, knöpfte den Kragen seines weißen Hemdes auf und strich sich dann mit gespreizten Fingern durchs kurz geschnittene, blonde Haar. „Immerhin war dein erster Sturz ziemlich heldenhaft", sagte er. „Meiner war damals nur peinlich. Stell dir vor: Ich bin vom stehenden Pferd gefallen! Mein Vater wollte, dass ich eine Stute reite, die ein paar Wochen davor gefohlt hatte. Als ich gerade aufgestiegen war und die Zügel ordnete, hörte sie ihr Fohlen im Stall rufen und machte einen Riesensatz. Ich bin runtergeplumpst wie ein nasser Sack, direkt vor die Füße meines alten Herrn."

„Hast du dir dabei weh getan?", fragte Fipps besorgt.

„Mein Stolz war geknickt“, erzählte Konny. „Ich vermute, deiner liegt gerade auch ganz schön darnieder.“

„Ach, Konny!“ Nun flossen die Tränen wieder. „Ich konnte Topas nicht mal mehr heimreiten. Orsino hat mich nicht gelassen.“

„Aber du bist wieder aufgestiegen?“, fragte Konny.

„Ja, ich bin mit Galadir heimgekommen.“

„Na, also! Darauf kommt's an: Dass man nach einem Sturz wieder aufsitzt.“ Konny streichelte noch einmal den Kater.

„Aber nicht auf Topas!“, klagte Fipps. „Und weißt du, was das Schlimmste ist?“ Sie wartete nicht auf eine Antwort, sondern sprach weiter: „Einerseits wollte ich ihn reiten. Er ist schließlich mein Pferd. Aber auf der anderen Seite war ich ganz schön froh, dass Orsino ihn übernommen hatte.“

„Das ist normal“, befand Konny. „Außerdem war das sehr vernünftig. Bei dir ging es nur darum, dass du dich wieder in den Sattel setzt – riskieren solltest du dabei nichts. Und für Topas war's besser, dass Orsino ihn geritten hat. So kam er gar nicht auf die Idee, noch mal Blödsinn zu machen.“

Fipps senkte den Kopf und sah auf Konnys schmale Hand, die im Fell des Katers lag. Leise sagte sie: „Orsino ist ein viel besserer Reiter als ich.“

„Ah?“ Konny hob eine Augenbraue. „Ärgert dich das?“

„Nö ... aber ...“ Fipps druckste herum.

„Schätzchen, wenn mein Gedächtnis mich nicht trügt, hast du erst vor einem Jahr mit dem Reiten angefangen. Dafür bist du erstaunlich gut. Was aber Orsino angeht“, erklärte Konny, „so ist der meines Wissens schon als Baby vor Oberon im Sattel gesessen. Er hat dir also ein paar Jahre Erfahrung voraus.“

„Außerdem ist er ein richtiger Elf – und die können alle reiten!“, sagte Fipps und klang dabei, als ob sie das ausgesprochen ungerecht fände.

„Was das angeht, scheint es schon ausreichend zu sein, wenn man eine halbe Elfe ist“, stellte Konny trocken fest. „Du bist in einem Jahr weiter gekommen als die meisten Reiter in einem ganzen Reiterleben.“

„Das hat man ja heute gesehen!“, kommentierte Fipps sarkastisch.

„Weil du runtergefallen bist? Mensch, Fipps – das gehört dazu! Jeder Reiter fällt ab und zu mal auf die Nase – es sei denn, er beschränkt sich darauf, auf irgendeinem lahmen Gaul im Schritt zu reiten. Aber dann ist er kein richtiger Reiter.“

Wieder starrte Fipps in ihren Schoß und überlegte einen Moment. Sie war sich nicht sicher, ob sie wirklich mit Konny über ihre Sorgen reden wollte. Sicher, sie vertraute ihm und sie wusste, dass er viel über Pferde wusste. Aber er war auch Susannes Ehemann – und sie wollte nicht, dass ihre Tante erfuhr, dass mehr hinter Topas' Durchgehen steckte.

„Was ist, Fipps?", fragte Konny sanft.

„Versprichst du mir, dass das unter uns bleibt?"

„Du meinst, dass ich nicht mit Susanne darüber reden soll?", gab Konny zurück.

„Ja." Fipps sah ihm in die Augen. „Sie macht sich auch so schon so genug Sorgen."

„Okay – dann bleibt das, was du mir erzählst, unser Reitergeheimnis", versprach Konny.

„Gut." Fipps nagte an ihrer Unterlippe und begann: „Ich bin in den Elfenwald geritten, weil ich mit Großvater sprechen wollte. Ich hatte nämlich schon vor dem Sturz Probleme mit Topas."

Konny nickte. „Ja, das ist mir schon aufgefallen. Eure Vorstellung gestern war nicht unbedingt auf der üblichen Höhe."

„Topas ist schon seit Tagen ganz komisch. Er ignoriert mich, er kommt nicht, wenn ich ihn rufe und er gehorcht mir nicht mehr", berichtete Fipps leise. „Und heute hat er sich ganz offen gegen mich gewendet. Ich habe keine Ahnung, was mit Topas los ist." Sie zog die Nase hoch und schluckte. „Konny, ich glaube, mein Pferd mag mich nicht mehr!"

„Oh, Fipps!" Konny rutschte ein wenig näher und zog sie an seine Brust. Er strich beruhigend über ihren

Rücken und sagte: „Das glaub ich nicht. Pferde sind sehr treue Geschöpfe."

„Aber warum benimmt er sich dann so?", fragte Fipps verzweifelt.

Konny seufzte. „Fipps, wenn ich darauf eine spontane Antwort wüsste, würde ich mein Geld nicht als Anwalt, sondern als Pferdeflüsterer verdienen. Außerdem ist Topas ein Elfenpferd – und die sind ja angeblich noch gescheiter und anhänglicher als normale Pferde, habe ich mir sagen lassen." Er fuhr sich durch die Haare. „Wenn hier von einem normalen Hengst die Rede wäre, würde ich sagen, dass ihr ein Dominanzproblem habt."

„Dominanzproblem?", wiederholte Fipps. Sie konnte sich darunter gar nichts vorstellen.

Konny stand auf und ging zur Küchentür. „Ich hole mir ein Glas Saft. Möchtest du auch was?"

„Gerne." Fipps wartete geduldig, bis Konny mit zwei großen Gläsern Orangensaft zurückgekommen war und ihr eines gegeben hatte. Nun ließ er sich ihr gegenüber im Sessel nieder und schlug die langen Beine übereinander. „Du weißt doch, dass es in Pferdeherden eine Rangordnung gibt, nicht? Pferdekinder lernen von Anfang an, wer der Chef in der Herde ist, wer zuerst ans Futter darf, wer führt, wer wen anrempeln darf und an wen man sich besser nicht ranwagt. Die Rangordnung gibt den Pferden Sicherheit. Sie wissen nicht nur genau, wo sie stehen, sondern sie können sich auch darauf verlassen, dass der Herdenchef – übrigens immer eine ältere, erfahrene Stute – auf sie aufpasst."

„Soviel ich weiß, ist das bei Elfenpferden auch so", bestätigte Fipps eifrig. „Oberon hat mir mal vorgeführt, wie seine ganze Stutenherde Mondnacht folgt."

„Genau." Konny nickte. „Und du weißt vermutlich auch, was mit jungen Hengsten passiert, wenn sie alt genug sind, um ohne ihre Mutter klarzukommen?"

„Sie müssen die Familienherde verlassen – der Herdenhengst duldet keine Konkurrenz", antwortete Fipps, die schon einige Bücher über das Verhalten von Pferden gelesen hatte.

„Richtig. Weil Pferde aber alleine nicht überleben können, schließen sich die jungen Herren dann zu Junggesellenverbänden zusammen. In denen gibt es auch eine Rangordnung, aber sie ist nicht so fest wie die in den Familienherden. Die jungen Hengste kämpfen immer wieder miteinander – sie brauchen das, damit sie später einmal gegen einen ausgewachsenen Hengst bestehen und selber Herr über eine Stutenherde werden können", erklärte Konny. „Für einen Hengst ist es normal, dass er immer wieder versucht, die Rangordnung abzuklären – und ich vermute, dass Topas genau das gerade tut. Eigentlich bist du der Chef, aber er will es immer wieder genau wissen."

Fipps überlegte einen Moment, dann sagte sie nachdenklich: „Ich weiß nicht, ob ich Topas' Chef sein will. Eigentlich sind wir doch Freunde, oder? Und Freunde sind gleichberechtigt."

„Grundsätzlich ja", gab Konny ihr recht. „Aber überleg mal: Wenn du mit Alina ausreitest – wer gibt dann die Kommandos?"

„Na ja – meistens schon ich. Ich hab ein bisschen mehr Erfahrung mit Pferden", gestand Fipps ein.

„Siehst du! Außerdem heißt *Chef sein* bei Pferden nicht, dass man sich mit Gewalt gegen sie durchsetzt. Aber man muss immer klarstellen, dass das Pferd den Reiter zu respektieren hat. Tut es das nämlich nicht, wird es gefährlich. Pferde können einen Menschen nur allzu leicht überrennen, mit ihren Hufen verletzen oder an die Wand quetschen."

„Das würde Topas nie tun!", rief Fipps sofort.

Konny hob eine Augenbraue. „Bist du dir da ganz sicher?"

Fipps ließ den Kopf hängen. „Er hat mich heute getreten", gab sie leise zu.

„Und das war respektlos", sagte Konny entschieden. „Wenn du ihm so ein Benehmen durchlässt, drückt er dich eines Tages an die Wand."

„Aber was soll ich denn jetzt machen? Ich kann ihn doch nicht verprügeln!"

„Das sollst du auch nicht. Aber du musst klare und konsequente Anweisungen geben. Und“, Konny seufzte und trank einen Schluck Saft, „so schwer das jetzt wird: Du darfst keine Angst zeigen. Pferde spüren die Angst ihres Menschen und fühlen sich dadurch verunsichert. Topas steckt offensichtlich gerade in einer schwierigen Phase. Du musst jetzt für euch beide stark sein.“

„Das wird nicht ganz einfach“, meinte Fipps kleinlaut.

„Sicher nicht.“ Konny stellte sein Glas wieder ab. „Aber du schaffst es. Du liebst Topas nämlich – und wenn man ein Pferd liebt, kämpft man auch dafür. Und du weißt im Innersten deines Herzens, dass Topas dich auch liebt und mit dir zusammen sein will. Trotzdem“, er lehnte sich wieder zurück, „würde ich an deiner Stelle mal mit deinem Großvater reden. Du weißt, ich hab ungefähr 40 Jahre Erfahrung mit Pferden. Aber bei ihm sind's an die 600. Er weiß sicher einiges mehr als ich.“

Kapitel 7

Dickkopf gegen Dickkopf

Verflixt – wie war das noch mal mit der Formel? A gleich B hoch zwei und dann? Fipps starrte auf das Blatt mit der Aufgabe, kaute an ihrem Füller und fragte sich wie so oft, warum sie eigentlich Mathe lernen musste. Sie wollte reiten – und wozu musste ein Reiter irgendwelche Formeln können?

Sie schielte hinüber zu Alina. Dr. Schober hatte sie eine Bank entfernt gesetzt, damit sie nicht von Fipps abschreiben konnte. Doch nun schien es, als ob sie besser mit der Klassenarbeit klar kam als Fipps. Sie schrieb mit hochrotem Kopf und tippte dabei mit der linken Hand wie eine Wilde auf ihrem Taschenrechner herum. Sie wusste die Formel offensichtlich.

Fipps versenkte sich wieder ins Aufgabenblatt, doch sie konnte es nicht vermeiden, dass ihre Gedanken erneut abschweiften. Was Topas jetzt wohl machte? Sie hatte ihn erst vor zwei Stunden auf die Koppel gebracht. Er war nicht eben besonders freundlich gewesen, aber er war ihr zumindest brav gefolgt. Ob es daran gelegen hatte, dass sie ihn sehr energisch an die Hand genommen hatte? Hatte Konny vielleicht recht, und es gab zwischen ihnen ein Dominanzproblem?

„Plus C Quadrat gleich 14“, flüsterte plötzlich eine tiefe Stimme in Fipps' Ohr.

Fipps fuhr hoch. „Großvater?“, fragte sie laut.

„Philippa, ich glaube nicht, dass dir dein Großvater hier helfen kann!“, erklang prompt die verärgerte Stimme ihres Mathelehrers. „Ich schätze deinen Familiensinn wirklich sehr – aber Großväter sind in Klassenräumen während Arbeiten so wenig erlaubt wie lautes Reden!“

„'Tschuldigung“, sagte Fipps leise und sah sich verstohlen um. Natürlich entdeckte sie nichts, aber dafür zupfte jetzt etwas an ihrem Ärmel.

„Komm mit! Ich muss mit dir reden!“, kommandierte Oberons Stimme an ihrem Ohr.

Fipps seufzte leise. So sehr sie sich gestern danach gesehnt hatte, mit ihm zu reden – musste er nun gerade mitten in der Mathearbeit auftauchen? Aber ihn schien es nicht zu stören. Sie spürte schon das vertraute Wirbeln um sich herum, schloss die Augen und öffnete sie erst wieder, als sie das Plätschern einer Quelle neben sich hörte. Oberon hatte sie durch Zeit und Raum auf die

Lichtung im Elfenwald transportiert. „Oh, Großvater – ich weiß nicht, ob das jetzt so eine gute Idee war!“, klagte Fipps. „Ich war mitten in einer Mathearbeit.“

„Ich hab sie für dich fertig geschrieben. Außerdem habe ich die Zeit angehalten“, erklärte Oberon.

„Bist du gut in Mathe?“, fragte Fipps neugierig.

„Nein“, antwortete Oberon. „Aber ich kenne Srinivasa Iyengar Ramanujan.“

„Wie bitte?“ Fipps seufzte noch einmal. „Kann man das essen?“

„Natürlich nicht! Was lernst du eigentlich in der Schule? Srinivasa Iyengar Ramanujan war ein berühmter indischer Mathematiker. Ich habe mich durch die Zeit bewegt und ihn deine Arbeit lösen lassen.“ Oberon wedelte ungeduldig mit der Hand, worauf neben ihm zwei altertümliche Ohrensessel erschienen. „Setz dich! Ich muss mit dir reden.“

Fipps nahm Platz und musterte dabei ihren Großvater. Er trug eine kobaltblaue Samtrobe, die in der Mitte und an den Seiten geschlitzt war. Darunter konnte Fipps eine lederne Hose und hohe Stiefel entdecken. Ein goldener Reif mit einem dunkelblauen Stein lag um Oberons Stirn, und sein langes, weißes Haar war zu einem Zopf geflochten. An seinem Ledergürtel hing eine einfache, abgegriffene Schwertscheide, aus der der juwelenverzierte, goldene Knauf eines langen Schwertes hervor ragte.

Philippa hatte ihren Großvater noch nie bewaffnet gesehen, doch was sie fast noch mehr schockierte, war sein Gesicht. Tiefe Schatten lagen unter den Augen, seine markante Nase trat noch schärfer hervor, und sein Mund war schmal geworden. Fipps wurde plötzlich bewusst, dass Oberon ein sehr alter Mann war – und hatte er nicht einmal gesagt, dass er davon träumte, die Verantwortung für das Elfenreich einem Nachfolger zu übergeben und sich endgültig in ein Sommergewitter zu verwandeln?

„Geht's dir gut, Groß…“ Die Frage blieb Fipps im Hals stecken, denn sie hatte plötzlich ein schwarzes Pferd entdeckt, das nicht weit von ihnen entfernt am Waldrand graste. „Was macht Topas denn hier?“, fragte sie überrascht. Am liebsten wäre sie aufgesprungen und zu Topas geeilt. Doch irgendetwas hielt sie zurück. Er hatte ja nicht einmal den Kopf gehoben, um sie anzusehen! „Ich hab ihn doch vorher auf dem Cyriakushof auf die Koppel gestellt. Ist er abgehauen?“

„Nein.“ Oberon straffte die Schultern und sah plötzlich nicht mehr wie ein alter Mann, sondern ganz wie der mächtige König der Elfen aus. „Ich habe ihn gerufen.“

„Und zu dir ist er gekommen?“ Fipps fühlte sich, als hätte sie einen Schlag in den Magen bekommen.

„Natürlich.“ Oberon legte eine Hand auf seinen Schwertknauf. „Was ist passiert, Philippa Titania?“

Fipps schluckte. Ihr Großvater sprach sie nur mit ihrem

vollen Namen an, wenn er es wirklich ernst meinte – und seine Augen blickten nun streng und ziemlich kühl. Obwohl sie dadurch ein wenig eingeschüchtert war, rührte sich doch ein Funken Zorn in ihr. „Du weißt doch genau, was passiert ist, sonst hättest du ihn nicht gerufen“, sagte sie mürrisch. „Hat Orsino ...?“

„Ich habe Orsino noch nicht gesehen, seit ich zurück gekommen bin“, antwortete Oberon ruhig. „Florinde hat mir von deinem Sturz berichtet.“

„Wie bitte?“ Fipps hielt es nicht mehr auf ihrem Sessel. Sie stand auf und verschränkte die Arme vor der Brust. „Du lässt mich überwachen?“ Sie hasste es, wenn Oberon sie beobachten ließ – und ganz besonders ärgerte sie sich, wenn die Elfen auf seinen Befehl hin dabei unsichtbar blieben. „Florinde war die ganze Zeit da? Und warum hat sie den Sturz nicht verhindert? Ist ihr nicht rechtzeitig ein guter Zauber eingefallen?“

„Florinde hat keine Macht über Topas.“ Oberon blieb immer noch ganz ruhig. „Setz dich bitte wieder, Philippa Titania. Ich schaue ungern zu dir hinauf.“

Philippa ignorierte seine Anweisung. Sie hätte am liebsten mit dem Fuß aufgestampft. Manchmal konnte Oberon wirklich anmaßend sein! „Warum lässt du mich überwachen?“, fragte sie.

„Weil sich dort draußen ein verstoßener Elf herumtreibt, der dir vermutlich sehr übel nimmt, dass du seine

Pläne bezüglich Drei Quellen vereitelt hast", gab Oberon zurück.

„Mortron?" Jetzt ließ sich Fipps doch wieder nieder. „Aber er hat doch in letzter Zeit gar nichts getan! Du hast selbst gesagt, dass er sich auffallend still verhält."

„Er war beschäftigt", erklärte Oberon. „Unter anderem im Norden, wo er einen Aufstand im Zwergenreich angezettelt hat."

„Solange er dort ist, kann er mir doch nichts tun!" Fipps wurde nicht gerne überwacht – und sie wurde nicht gerne an den bösen Elfen namens Mortron erinnert. Er war es, der ihre Eltern getötet hatte! Und erst kürzlich hatte er versucht, das Gestüt Drei Quellen zu vernichten, um Oberon zu stürzen und die Macht im Elfenreich zu übernehmen.

„Überlass es bitte mir, zu beurteilen, wie gefährlich Mortron ist", beschied Oberon sie kühl. „Aber das ist im Moment nicht unser Thema. Ich will wissen, was mit Topas und dir los ist."

Fipps sah zu Topas hinüber, der sich gerade, immer noch grasend, wieder etwas mehr in den Schatten verzog. Kein einziges Mal hatte er in ihre Richtung geblickt. „Ich weiß es nicht", sagte sie leise. „Er scheint mich nicht mehr zu mögen."

„So sieht es aus", bestätigte Oberon.

Fipps senkte den Kopf und kämpfte gegen ihre Tränen.

Sie hatte gehofft, dass Oberon ihr widersprechen würde, dass er etwas wie „Aber das kann doch gar nicht sein!" sagen würde. Gestern war sie in den Elfenwald geritten, um bei ihm Trost zu finden – und nun war ihr, als ob er sie geohrfeigt hätte. „Ich weiß wirklich nicht, was passiert ist!", sagte sie und sah Oberon bittend an. „Ich wollte gestern zu dir kommen und dich fragen ..."

Oberon erwiderte ihren Blick nicht. Stattdessen wandte er den Kopf und sah zu Topas hinüber, der jetzt unter einem Baum döste. Er hatte einen Hinterhuf aufgestellt, die Augen halb geschlossen und den Kopf gesenkt. „Es muss etwas geschehen sein", sagte er leise und nachdenklich. Einen Augenblick schwieg er, dann wandte er sich Fipps zu. „Elfenpferde werfen ihre Reiter nicht ab. Sie benehmen sich auch nicht respektlos ... es sei denn, sie fühlen sich schlecht behandelt."

„Ich habe Topas nicht schlecht behandelt!", rief Fipps, sprang auf und ballte die Fäuste. „Wie kannst du so etwas sagen? Du weißt, dass ich Topas liebe und ihm nie etwas Böses tun würde!" Sie konnte nicht anders: Sie musste zu Topas hinüberlaufen. Sie wollte ihn streicheln, mit ihm sprechen, seine Nähe fühlen. Wie konnte Oberon ihr nur unterstellen, dass sie ihn schlecht behandelt hatte? „Topas!", rief sie leise.

Der Hengst wandte sich um und hob den Kopf. Fipps atmete erleichtert auf. Vielleicht hatte er wirklich nur

Heimweh nach dem Elfenwald gehabt? Spürte er jetzt, wie sehr Fipps ihn brauchte?

Tatsächlich kam er einen Schritt auf sie zu. Fipps streckte die Hand aus. „Topas, mein Schöner“, lockte sie ihn mit schmeichelnder Stimme.

Der Rappe blieb stehen; seine klugen Augen musterten seine Reiterin. Fipps war sich sicher, dass er gleich zu ihr kommen und sich an sie schmiegen würde, und hätte vor Erleichterung am liebsten geweint. Doch genau in diesem Moment war es, als ob ein dunkler Schleier über Topas' Augen gezogen würde. Er legte die Ohren zurück, scharrte mit dem Vorderhuf und seine Muskeln spannten sich an.

„Zurück!“ hörte Fipps Oberon brüllen – und schon stand Topas auf den Hinterbeinen und trat mit den Vorderhufen nach Philippa. Entsetzt stolperte sie rückwärts, fiel fast ins Gras, fühlte dann Oberons Arme, die sie auffingen – und hörte ihn ein zweites Mal schreien: „Runter, Topas!“

Der Hengst wirbelte auf der Hinterhand herum, galoppierte los und verschwand im Wald.

Oberon fluchte leise und half Fipps, die immer noch wie eine Marionette mit durchschnittenen Fäden in seinen Armen hing, wieder auf die Beine. „Bist du in Ordnung? Hat er dich getroffen?“

„Es ist alles okay.“ Doch Fipps konnte nicht länger

stehen. Mit butterweichen Knien ließ sie sich ins Gras sinken. „Was war das?“, fragte sie mit zittriger Stimme.

„Das möchte ich auch gerne wissen.“ Oberon schloss für einen Moment die Augen und holte tief Atem. „Philippa, ich glaube, du bist mir wirklich eine Erklärung schuldig. Was ist zwischen dir und diesem Pferd vorgefallen? Es muss etwas passiert sein. Elfenpferde greifen ihre Reiter nicht an!“

„Ich weiß es nicht! Vielleicht ist er vor etwas erschrocken oder ...“ Fipps hatte wirklich keine Ahnung.

„Er ist nicht erschrocken“, erwiderte Oberon kalt und entschieden. „Er ist auf dich losgegangen.“ Er ging zu seinem Sessel zurück, ohne Fipps aufzuhelfen. „Ich habe so etwas bisher nur einmal erlebt – bei einem Elfenpferd, das von seinem Besitzer verprügelt worden war.“

„Du glaubst doch wohl nicht, dass ich Topas verprügelt habe?“ Die Empörung über eine so ungerechte Anklage half Fipps wieder auf die Beine. Steifbeinig marschierte sie zu Oberon hinüber und baute sich vor ihm auf. „Ich verstehe doch auch nicht, was mit Topas los ist – und ich hatte gehofft, dass du mir helfen würdest. Stattdessen klagst du mich an! Als ob ich Topas etwas tun könnte!“

„Philippa, du scheinst den Ernst der Lage nicht zu verstehen“, erklärte Oberon kühl. „Dein Pferd ist eben auf dich losgegangen – nachdem es dich gestern abgeworfen hat. Ich glaube zwar auch nicht, dass du ihm absichtlich wehgetan hast, aber es muss etwas zwischen euch geschehen sein! Vielleicht hast du ihn aus Versehen ungerecht behandelt oder ihm wehgetan. Denke bitte mal darüber nach! Solange wir nicht wissen, was passiert ist, können wir nichts machen."

„Ich muss nicht darüber nachdenken", rief Fipps wütend. „Ich weiß, dass ich Topas nie schlecht behandelt habe."

„Fipps, du bist noch sehr jung und hast nicht viel Erfahrung mit Pferden!" Oberon klang mühsam beherrscht. „Niemand würde dir übel nehmen, wenn du einen Fehler begangen hättest. Aber", nun hob er die Stimme und sprach schneidend weiter, „ich erwarte von meiner Enkelin, dass sie wenigstens dazu steht!"

„Wenn ich einen Fehler gemacht hätte, würde ich dazu stehen!" Fipps schrie es fast. „Kannst du das nicht begreifen? Ich weiß selbst nicht, was mit Topas los ist!" Oberon antwortete nicht. Er saß einfach nur da, die Arme vor der Brust verschränkt.

„Okay, Großvater." Fipps bemerkte gar nicht, dass sie dieselbe Haltung wie er eingenommen hatte. „Was passiert jetzt? Willst du ihn mir wegnehmen?"

„Das könnte ich nicht, nicht einmal, wenn ich es wollte", antwortete Oberon kühl. „Er ist dein Pferd. Ich kann ihn zwar ins Elfenreich rufen, aber ich könnte ihm nicht befehlen, einen anderen Reiter anzunehmen. Allerdings wirst du ihn so lange nicht reiten, bis euer Verhältnis wieder in Ordnung ist."

Fipps kniff die Lippen zusammen und würgte ihre Wut hinunter. Sie hasste es, wenn ihr Großvater sie herumkommandierte. „Was befürchtest du?", fragte sie wütend.

„Dass du dir den Hals brichst, mein Kind!", gab Oberon aufgebracht zurück. „Weißt du, im Moment sind Enkelinnen im Elfensupermarkt sehr knapp."

„Zu dumm! Dann kannst du dir ja keine besorgen, die genauso ist, wie du sie dir erträumt hast!", giftete Fipps. Sie war zornig, aber auch verwirrt und unendlich traurig. Sie hatte damit gerechnet, dass Oberon ihr mit Topas helfen würde – und nun griff er sie auch noch an!

„Wie dem auch sei." Oberon stand auf. „Ich bringe dich jetzt zurück in deine Schule. Danach kommst du her und bemühst dich, Topas' Vertrauen zurück zu gewinnen. Was immer du mit ihm angestellt hast – er wird es dir irgendwann verzeihen, wenn du dich um ihn bemühst. Und genau das erwarte ich von dir. Nicht mehr und nicht weniger!"

Kapitel 8

Ach, Schätzchen!

Philippa brütete am Küchentisch des Cyriakushofs vor sich hin, den Kopf in die Hände gestützt. Vor ihr stand eine unberührte Schüssel mit Müsli. Es war Samstagmorgen, und normalerweise freute sie sich immer aufs Wochenende. Doch seit Oberon sie vor drei Tagen aus der Schule geholt hatte, fühlte sich Fipps, als könnte sie sich nie mehr an etwas freuen. Sie war immer noch wütend und gleichzeitig unendlich traurig. Dass Oberon ihr zutraute, Topas schlecht zu behandeln – sie konnte es nicht verstehen. Und was noch viel schlimmer war: Topas benahm sich, als ob Oberon recht hätte! Am Tag nach ihrem Streit mit Oberon hatte Fipps es nicht einmal geschafft, ihn anzufassen – er hatte sorgfältig Abstand zu ihr gehalten. Dabei hatte er sie aber so herzzerreißend traurig angesehen, dass sie sich schließlich weinend ins Moos geworfen hatte.

Gestern dann hatte sie endlich wieder Hoffnung geschöpft: Als sie in den Elfenwald kam, trank Topas gerade an der Quelle auf der Lichtung. Fipps rief ihn, und der Hengst hob tatsächlich den Kopf! Er betrachtete sie eine Zeit lang und kam dann auf sie zu. Fipps hätte am liebsten gejubelt – bis Topas kaum einen Meter vor ihr plötzlich die Ohren anlegte, die Augen rollte und die Zähne bleckte. Bevor Fipps noch wusste, was sie tun sollte, stand bereits Oberon vor ihr, hob den Arm und rief mit Donnerstimme: „Zurück, Topas!" Der Rappe wendete auf der Hinterhand und verschwand im Galopp in den Wald. Als er weg war, betrachtete Oberon Fipps einige Sekunden lang schweigend. Sein Gesicht war verschlossen, der Mund schmal und die blauen Augen kühl. Schließlich schüttelte er den Kopf und sagte: „Ich verstehe es nicht, Philippa!" Dann marschierte er mit steifen Schritten wieder in Richtung Schloss, wo auf der Terrasse zwei uralte Elfen in formellen, blauen Gewändern auf ihn warteten.

Fipps wusste nicht mehr ein noch aus. Ihr wäre danach gewesen, Oberon anzubrüllen. Gleichzeitig fühlte sie sich schuldig. Irgendetwas war mit Topas geschehen ... und er war ihr Pferd, sie war verantwortlich für ihn! Sie musste etwas falsch gemacht haben! Doch obwohl sie seit Tagen fieberhaft darüber nachdachte, fiel ihr nichts ein. Gut, an dem Samstag, als sie zur Hochzeit geritten waren, hatte sie ihn einmal sehr energisch angefasst. Aber was hätte sie anders tun sollen, als er versucht hatte, den Berg in den Ort hinunter zu galoppieren? Und an jenem Tag hatte er auch nicht den Eindruck erweckt, als würde er ihr etwas übel nehmen. Er hatte sofort durchpariert, als sie ihn mit Zügel, Schenkel und Stimme dazu aufgefordert hatte, und war danach die ganze Zeit brav gegangen.

Was war nur passiert? Fipps war den Rest des gestrigen Nachmittags mit gesenktem Kopf durch den Wald geschlichen und hatte nach Topas gesucht, doch an diesem Tag ließ er sich nicht mehr blicken.

„Ach, Schätzchen!“ Susanne war unbemerkt in die Küche gekommen und hinter Fipps getreten. Sie beugte sich über sie, legte die Arme um Fipps’ Schultern, küsste ihren Scheitel und drückte sie kurz an sich. „Du siehst so traurig aus!“

„Bin ich auch.“ Fipps hatte einen dicken Kloß im Hals. „Ich weiß nicht mehr, was ich mit Topas machen soll. Und er fehlt mir so!“

„Er wird schon wieder zu dir zurückkommen!“, versuchte Susanne zu trösten. „Aber ich denke, du solltest erst nochmal mit deinem Großvater sprechen.“

„Na, danke!“ Fipps hob den Kopf und sah ihre Tante an. „Soll ich mir noch einen Anpfiff abholen? Er ist fest davon überzeugt, dass der Fehler bei mir liegt. Und außerdem ...“ Sie verstummte und rührte in ihrem Müsli.

Susanne zog sich einen Stuhl heran und setzte sich neben Fipps. „Und?“, fragte sie sanft.

„Ach, ich weiß nicht mehr.“ Fipps nahm einen Löffel Müsli und kaute lustlos darauf herum. Es schmeckte wie feuchte Pappe.

„Weißt du“, Susanne nahm Philippas rechte Hand und strich ihr sanft über die Finger, „manchmal ist Liebe sehr schwierig und tut weh. Man muss loslassen können, was man liebt ...“

„Du meinst, ich soll Topas loslassen?“ Eine Träne kullerte in Fipps’ Müsli. Sie schob die Schüssel weg und seufzte. „Was das angeht, habe ich doch sowieso keine Wahl mehr. Er ist gegangen.“

„Ich habe keine Ahnung von Pferden“, sagte Susanne leise. „Aber vielleicht hast du zu viel von ihm erwartet? Kann das sein?“

Fipps dachte einen Moment darüber nach. Natürlich – für sie war es schon fast selbstverständlich gewesen, dass Topas zu ihr gehörte und dass er ihre Zuneigung erwiderte. Aber er hatte ihr auch nie einen Grund gegeben, daran zu zweifeln! Er war immer von selbst zu ihr gekommen – ja, früher kam er sogar aus der hintersten Ecke der Koppel angerannt, wenn sie ihn rief! Und sie war immer stolz darauf gewesen, dass sie eigentlich gar keinen Führstrick brauchte, weil er ihr ja immer mit dem Kopf an ihrer Schulter freiwillig gefolgt war.

Hatte sie wirklich zu viel von ihm erwartet? Hätte sie ihn nicht so viel reiten und nicht so viel Zeit mit ihm verbringen sollen? War sie ihm auf die Nerven gegangen?

„Ach, Schätzchen!“, wiederholte Susanne und legte ihr den Arm um die Schultern. „Was meinst du? Sollen wir zusammen ins Städtchen einkaufen gehen? Und dann vielleicht eine Pizza essen?“

„Wolltest du heute Morgen nicht segelfliegen?“, fragte Fipps.

Susanne schüttelte den Kopf. „Das ist nicht so wichtig. Ich kann auch nächstes Wochenende noch fliegen. Jetzt möchte ich lieber ein bisschen mit dir zusammen sein.“

Fipps lächelte unter Tränen. „Das ist lieb von dir. Aber es ist nicht nötig – ich komme klar. Und ich weiß doch, dass du dich die ganze Woche auf deinen Flug gefreut hast.“

„Ich glaube aber nicht, dass er mir Spaß macht, wenn ich weiß, dass du traurig zu Hause sitzt“, widersprach Susanne.

Fipps atmete tief aus, stand dann auf und leerte den Inhalt ihrer halbvollen Müslischale in den Mülleimer. „Keine Sorge, ich werde nicht traurig hier herumsitzen“, verkündete sie, während sie das Schälchen und den Löffel in die Spülmaschine räumte. „Ich habe Alina versprochen, bei ihrem Springtraining zuzusehen. Du weißt doch, sie will übernächste Woche aufs Turnier.“

Susanne stand ebenfalls auf und fing Fipps, die schon Richtung Tür unterwegs war, in ihren Armen ein. „Bist du sicher, dass das okay für dich ist?“, fragte sie. „Du weißt, ich nehme mir gerne Zeit für dich.“

„Ist wirklich nicht nötig“, versicherte Fipps. „Aber es ist wirklich lieb, dass du es angeboten hast.“

„Ach, Schätzchen!“, sagte Susanne zum dritten Mal. „Du bist doch meine Kleine! Ich werde immer da sein, wenn du mich brauchst – egal, worum es geht.“

„Ich weiß.“ Fipps drückte ihre Tante an sich. „Aber ich will auch, dass du Spaß hast. Also: Geh fliegen! Ich komm schon klar.“

Als sie aus dem Haus trat, hörte sie Hufgetrappel am Eingangstor. Fipps hob den Kopf und entdeckte Orsino, der gerade auf den Hof ritt; die blonden Locken hatte er heute zu einem Pferdeschwanz zusammengefasst. Doch er saß nicht auf seinem grauen Galadir, sondern auf einem milchweißen Schimmel mit langer, seidiger Mähne. Der Schimmel trug eine blaue Schabracke mit goldener Einfassung, hatte den Hals stolz aufgewölbt und trabte mit hohen, erhabenen Tritten fast auf der Stelle. Neben ihm ging Galadir als Handpferd, der ebenfalls mit einer blauen Schabracke unter dem Sattel ausgestattet war. Orsino hielt ihn am Zügel.

Obwohl Fipps so traurig war, konnte sie nicht anders –

sie lächelte Orsino entgegen. Er sah so gut aus auf dem Schimmel und daneben sein Grauer ... die beiden Pferde waren einfach atemberaubend schön.

Orsino parierte vor Fipps durch, lächelte zurück und ließ sich von dem Schimmel die Zügel aus der Hand kauen. Dieser streckte genüsslich den Hals; dann hob er den Kopf wieder ein wenig, betrachtete Fipps aus geheimnisvoll dunklen Augen und kam dann noch etwas näher. Sein warmer Atem streifte über ihr Gesicht, und sie spürte, leicht wie die Berührung einer Feder, seine samtige Nase an ihrer Wange.

„Heros!“, wisperte sie und streichelte seine Stirn. Die kleine Geste der Zuneigung, die er ihr gezeigt hatte, tröstete sie mehr als alle guten Worte, die sie in den letzten Tagen von ihrer Familie und ihren Freunden gehört hatte. „Wenigstens du magst mich noch leiden ...“, sagte sie leise.

Orsino, der gerade aus dem Sattel stieg, hatte sie gehört. „Wenigstens du?“, wiederholte er kopfschüttelnd. „Abgesehen davon, dass Alina und Susanne und Konny und deine Großeltern und ...“, er senkte die Stimme ein wenig und ein Hauch von Röte flog über seine Wangen, „... ich dich gut leiden können, weißt du doch, wie wählerisch Heros ist. Du kannst dich geehrt fühlen, dass er dich beschmust.“

„Tue ich ja auch!“, verteidigte sich Fipps und kramte in

der Tasche ihrer abgeschnittenen Jeans. Tatsächlich fanden sich darin zwei Karottenstückchen. Zärtlich schob sie eines in Heros' und das andere in Galadirs Maul. „Aber sag mal", fragte sie neugierig, „wie kommst du an Heros?"

„Oberon hat ihn mir mitgegeben", antwortete Orsino, und obwohl er so tat, als ob es das Selbstverständlichste der Welt wäre, konnte Fipps doch hören, dass er ganz schön stolz darauf war. So sehr er seinen Galadir liebte – Heros war etwas ganz Besonderes, und Oberon ließ nur selten jemand anderen auf ihm reiten. „Er meinte, dass wir nach Alis Springtraining noch einen Ausritt machen sollten, und weil ...", jetzt biss er sich verlegen auf die Unterlippe und wedelte mit der Hand. „Also, na ja – du brauchst ja ein Pferd dazu." Er lächelte. „Er hat gesagt, dass du dann Heros reiten darfst. Aber vorher solltest du dich umziehen. Shorts sind irgendwie nicht so gut zum Reiten."

Fipps dachte, sie hätte sich verhört. „Großvater überlässt mir Heros?", fragte sie skeptisch. Der Zorn auf ihren Großvater kam wieder hoch. „Hat er keine Angst, dass ich was an ihm kaputt mache?"

„Ach, Schätzchen!" Alina trat mit dem gesattelten Oskar am Zügel dazu.

„Du klingst schon wie meine Tante!", seufzte Fipps und streichelte über Galadirs Nase.

Orsino schien den kleinen Austausch nicht gehört zu haben. Er löste das Band in seinem Haar und schüttelte seine Locken. Dann blickte er Fipps ernst an. „Oberon hat gesagt, dass du Heros reiten sollst“, wiederholte er bestimmt. „Denn er weiß genau, dass du ihm nicht wehtust.“

„Wirklich?“ Fipps hob eine Augenbraue. „Aber er traut mir doch auch zu, dass ich Topas schlecht behandelt habe.“

Orsino verdrehte die Augen. „Können wir das nachher diskutieren, wenn du dich umgezogen hast?“, fragte er. „Ich würde Heros und Galadir jetzt gerne auf die Koppel lassen.“

„Nimm die von Topas. Die ist ja bekanntlich frei“, schlug Fipps vor, drehte auf dem Absatz um und ging zurück ins Haus. Sie war sich nicht sicher, was sie von Oberons Angebot halten sollte. Tat es ihm leid, dass er sie so angegangen hatte? War das sein Weg, ihr zu zeigen, dass er ihr doch vertraute? Oder ging er einfach davon aus, dass sich sein starker, selbstbewusster Heros schon gegen sie wehren würde?

Ach, verflixt – warum war das Leben nur manchmal so kompliziert? Warum war ihr Großvater so undurchschaubar? Und warum machte er sie immer wieder so zornig, um dann wieder etwas zu tun, was gar nicht dazu passte? Himmel, normalerweise wäre es Anlass für ein kleines

Freudentänzchen gewesen, Heros reiten zu dürfen! Aber jetzt blieb Fipps – mit einem Bein in der Reithose – mitten in ihrem Zimmer stehen, schaute in den Spiegel an ihrem Schrank, schüttelte den Kopf und seufzte dann ironisch: „Siehst du, Schätzchen Fipps – jetzt weißt du gar nicht mehr, wo es lang geht!“

Kapitel 9

Die verhexte Koppel

Fipps hatte zum Umziehen eine ganze Weile gebraucht – das lag an der längeren Denkpause, die sie zwischendurch einlegen musste. Als sie nun in blauer Reithose und hohen Stiefeln wieder aus dem Haus trat und die Tür hinter sich schloss, hörte sie schon Orsinos Stimme vom Reitplatz: „Leichttraben, leichttraben, leichttraben, Alina! Und lass ihn dabei nicht weglaufen! *Du* gibst das Tempo vor und lieferst die Hilfen! Und wenn er versucht, den Kopf hochzunehmen, die Schenkel dran! Vergiss nicht: Du musst einfach schneller sein als Oskar!“

Fipps musste gar nicht zum Platz sehen, um zu wissen, dass dort eine schwitzende Alina unterwegs war. Obwohl ihre rundliche Freundin in den letzten Wochen richtig sportlich geworden war, konnte Oskar sie mit seinem Renntrab mächtig aus der Puste bringen. So gut sie mit dem kleinen Fuchs auskam: Oskar war ein sehr cleveres

Pony und kannte jeden Trick. Alina musste ihn jedes Mal wieder aufs Neue zur Zusammenarbeit überreden.

„Sooo, Handwechsel – und umsitzen!", befahl Orsino jetzt. „Ja – sehr gut so! Du wirst immer besser, Ali!"

Fipps biss sich auf die Lippen. Sie freute sich für Alina, dass sie so gut mit Oskar zurecht kam. Gleichzeitig aber ärgerte es sie, dass Orsino ihre Freundin so begeistert lobte. Wenn er Fipps Reitstunde gab, war er viel kritischer. Sie hörte selten ein „Sehr gut!" von ihm. Bei Alina war er damit sehr freigiebig ...

Von der Koppel hörte Fipps jetzt prustende Geräusche. Sie wandte sich um und lachte laut los: Galadir hatte sich ins hohe Gras geworfen und wälzte sich, wobei er mit allen Vieren in der Luft strampelte und genüsslich grunzte. Heros aber ignorierte ihn völlig. Er war nur am frischen Grün interessiert und graste, durch die ganze Breite der Koppel von Galadir getrennt, gemütlich den Hang hinauf.

Fipps erinnerte sich, wie erschrocken Konny gewesen war, als er das erste Mal sah, wie Orsino Heros und Galadir auf eine Koppel gestellt hatte. „Orsino, bist du wirklich sicher, dass das eine gute Idee ist? Zwei Hengste auf einer Koppel? Ich möchte nicht dazwischen gehen müssen, wenn die sich schlagen!"

Orsino hatte lächelnd den Kopf geschüttelt. „Die tun sich nichts, keine Sorge."

„Sind Elfenhengste da so anders als normale Pferde?", hatte Konny gefragt.

„Nö." Orsino hatte gegrinst. „Sind sie nicht. Aber unsere jungen Hengste haben ihre Lektion gelernt. Heros hat jeden von ihnen einmal so richtig verdroschen – seitdem halten sie respektvoll Abstand zu ihm."

Jetzt war Heros an der Brombeerhecke angekommen, an der am vergangenen Sonntag Topas' Führstrick hing. Fipps beobachtete, wie er plötzlich den Kopf aus dem Gras nahm, ihn hoch in die Luft reckte und die Oberlippe über die Nase stülpte. So komisch es aussah – Fipps wusste, was es zu bedeuten hatte: Heros flehmte. Er hatte einen starken Geruch in die Nase bekommen und überprüfte ihn nun, in dem er die Nase mit der Lippe verschloss.

Fipps runzelte die Stirn. Was gab es denn da oben, das für Heros so spannend roch? Hatten Konny oder seine neue Pflegerin in den letzten Tagen Stuten auf Topas' Koppel gestellt? War eine von ihnen vielleicht rossig gewesen und hatte neben der Brombeerhecke Urin abgesetzt? Es hätte die Reaktion des Hengstes erklärt, denn in der Natur informierten Stuten die Hengste auf diese Art darüber, dass sie paarungsbereit waren.

Doch Fipps konnte sich nicht erinnern, dass Stuten draußen gewesen wären. Ganz im Gegenteil. Konny, selbst auf einem Gestüt aufgewachsen, war normalerweise sehr darauf bedacht, die Stuten und die Hengste zu trennen. Er wollte keine Unruhe auf den Koppeln, weswegen er die Damen normalerweise auf der anderen Seite des Tals zum Weiden schickte.

Heros roch nun noch einmal an der Stelle, die ihm schon zuvor so interessant erschienen war. Doch dieses Mal flehmte er nicht, sondern stampfte wütend mit dem Vorderbein auf. Seine kleinen Ohren, bisher freundlich nach vorne gestellt, verschwanden rückwärts in der hoch auffliegenden Mähne, und er wölbte den Hals.

Obwohl Fipps ein ganzes Stück von ihm entfernt war, konnte sie sehen, wie die Muskeln unter Heros' glattem Fell heraustraten. Noch einmal stampfte er und warf dabei die Mähne zur anderen Seite. Fipps bemerkte, dass sich sein Hals darunter silbergrau färbte – der Hengst schwitzte! Und nun drehte er fast steigend auf der Hinterhand und raste im Galopp den Hang hinab.

Für einen Augenblick fürchtete Fipps, dass er durch den Koppelzaun brechen würde, doch dann stoppte er im letzten Moment, warf sich herum und lief am Zaun entlang, wobei er den Schweif hoch aufgerichtet wie eine Fahne im Wind hielt.

Galadir war inzwischen auch wieder auf den Beinen. Er hatte seinen Vater beobachtet, als er den Hang hinunter galoppiert war. Jetzt stampfte er ebenfalls mit den Hufen und schloss sich Heros an. Gemeinsam liefen die beiden

Hengste am Koppelzaun entlang, Schweiß flockte ihnen über Brust und Hals. Heros hatte die Nüstern so weit aufgerissen, dass Fipps das rote Innere erkennen konnte.

Der Elfenhengst sah wunderschön und gleichzeitig beängstigend aus – ein Bild von Kraft und Stärke. Und jetzt galoppierte er die Koppel wieder hinauf, auf den Waldrand zu.

Fipps setzte sich in Bewegung. Ohne darüber nachzudenken, rannte sie zur Koppel, kletterte über den Zaun, ließ sich auf der anderen Seite fallen und eilte den Berg hinauf, in Richtung Heros und Galadir, die jetzt mit pumpender Brust und trommelnden Hufen am Waldrand entlang galoppierten.

„Heros! Galadir!", rief sie, blieb dann in der Mitte der Koppel stehen und bemühte sich, ihre Stimme ruhig klingen zu lassen, obwohl ihr Herz fast schmerzhaft schlug. „Heros, Galadir! Ruuuuuhig! Ganz ruhig!"

„Hooo, Galadir, Heros!", hörte sie Orsino hinter sich. Er hatte vom Sandplatz aus beobachtet, wie sich die Hengste auf der Koppel gebärdeten, und war sofort herbeigekommen.

„Heros!" Fipps konzentrierte sich auf den Schimmel, der nicht mehr weiterlief, sondern jetzt aufgeregt auf der Stelle trabte. Mit ausgestreckter Hand ging Fipps auf ihn zu. „Heros! Ganz ruhig!", lockte sie ihn.

Tatsächlich beruhigte er sich ein wenig. Er hörte auf zu

piaffieren und blickte ihr mit geweiteten Nüstern entgegen. An Hals, Brust und Bauch war sein Fell schweißfeucht und schimmerte fast schwarz. Doch er stellte die Ohren auf, als Fipps ihn erreichte, und ließ sich von ihr den Hals klopfen. „Heros, was ist denn los? Was hat dich denn so aus der Fassung gebracht?“ Philippa strich mit der flachen Hand über seine Brust und spürte, wie sein Herz unter ihren Fingern aufgeregt schlug. „Komm!“, sagte sie ruhig, nahm ihn am Halfter und führte ihn im Schritt nach unten. Er folgte ihr willig, doch auf Höhe der Brombeerhecke zögerte er kurz, schlug mit der Hinterhand aus und warf den Kopf hoch. „Pssst! Ist ja gut! Da ist nichts, Heros!“, sagte Fipps. Doch sie war sich nicht so sicher, ob das wirklich stimmte. Aber im Moment kam es nur darauf an, den verschwitzten Hengst zu beruhigen.

Zu ihrer Erleichterung ließ er den Kopf wieder sinken und trottete folgsam hinter ihr her.

Als sie am Koppeltor ankamen, trafen sie auf Galadir und Orsino. „Sag mal, was war das denn?“, fragte Orsino.

„Keine Ahnung.“ Fipps öffnete das Tor, zog gleichzeitig den Führstrick ab, der daran hing, und klickte ihn in Heros' Halfter. „Langsam glaube ich, dass diese Koppel verhext ist! Erst kriegt Topas hier die Krise, und nun tobt auch noch Heros. Seltsam.“

„Wirklich seltsam.“ Orsino folgte Fipps durch das Tor und deutete mit dem Kinn auf den Weg, der daneben verlief. „Lass uns ein bisschen gehen, bis die beiden wieder trocken sind."

„Wollte ich gerade vorschlagen." Fipps streichelte über Heros' schweißfeuchten Hals. „Komm, Heros – wir gehen ein bisschen spazieren. Danach bekommst du eine kühle Dusche, und dann geht's dir wieder besser." Sie drehte sich zu Orsino um, der hinter ihr Galadir führte. „Wenn Oberon seinen Heros jetzt sehen könnte, würde er mir wahrscheinlich den Kopf abreißen. Kaum komme ich in Heros' Nähe, dreht der schon durch!"

„Tut er nicht!", widersprach Orsino energisch. „Du siehst doch, dass er sich schon beruhigt hat. Außerdem warst du gar nicht in der Nähe, als er verrückt gespielt hat."

„Ob Großvater das auch so sieht?", überlegte Fipps zweifelnd.

„Ganz bestimmt!" Orsino beschleunigte seinen Schritt und schloss zu ihr auf. Seine blauen Augen blickten ernst. „Fipps, ich verstehe ja, dass du sehr ärgerlich auf Oberon bist. Aber du solltest auch versuchen, ihn zu verstehen. Er hat die letzten Wochen kaum geschlafen, weil er so mit den Zwergen beschäftigt war. Er musste seine ganze Macht und Stärke einsetzen, um das Problem in den Griff zu bekommen. Und vergiss nicht", Orsino streichelte über Galadirs Hals, „er ist kein junger Elf mehr. Er hat viele Kämpfe gekämpft, er war oft verletzt, ihm tun manchmal alle Knochen weh – und nein, da helfen nicht mal mehr Titanias Zaubertränke. Auch Elfen sind irgendwann einmal müde und erschöpft."

„Jaaa", erwiderte Fipps gedehnt. Sie hatte plötzlich ein schlechtes Gewissen, weil sie ihren Großvater so angebrüllt hatte. Andererseits: Er hatte sie schließlich beschuldigt – und das ärgerte sie immer noch. „Aber ..."

Orsino unterbrach sie, indem er die Hand hob. „Fipps, ich stehe voll hinter dir. Ich finde es auch nicht gut, dass er dich so angeschnauzt hat. Und ich bin sicher: Wenn deine Großmutter da wäre, würde sie ihm dafür den Kopf waschen. Aber andererseits ..."

Dieses Mal schnitt ihm Fipps das Wort ab. „Du verteidigst ihn immer! Bist du sicher, dass du auf meiner Seite stehst?", fragte sie giftig – und ärgerte sich dabei über sich selbst. Sie wollte nicht auch noch Orsino streiten!

Orsino blieb ruhig. Er kraulte Galadirs Kinn und antwortete: „Ist das ein Krieg, Fipps? Bisher dachte ich immer, dass Oberon und du auf einer Seite steht. Er ist doch dein Großvater, und auch wenn er dich gerade mächtig geärgert hat: Du bist ihm sehr wichtig. Darum reagiert er wohl so hart. Er macht sich Sorgen um Topas. Und um dich. Florinde hat mir erzählt, dass er totenbleich geworden ist, als sie ihm von deinem Sturz berichtet hat. Fipps, du weißt selbst, wie gefährlich das war! Du hättest dir den Hals brechen können."

„Und darum brüllt mich Großvater jetzt an und beschuldigt mich, dass ich Topas schlecht behandle?“ Fipps hatte die Stimme erhoben – und Heros schätzte das gar nicht. Er nahm den Kopf hoch und trabte los. „Ruhig, Heros!“ Fipps klopfte seinen Hals und sprach leiser weiter. „Großvater verträgt es einfach nicht, wenn nicht immer alles so abläuft, wie er es sich das vorstellt!“, sagte sie anklagend.

Orsino lächelte und zuckte mit den Schultern. „Was erwartest du, Fipps? Er ist der König. Er ist es gewohnt, dass alles so läuft, wie er sich das vorstellt. Und meist hat er ja auch recht.“

„Auch darin, mich anzuklagen?“ Fipps musste sich mühsam beherrschen, um nicht laut zu werden.

„Nein.“ Orsino schüttelte den Kopf. „Aber weißt du, was das große Problem mit dir und Oberon ist?“

„Nein. Verrätst du es mir?“

Orsino grinste und wich zur Seite aus. „Vielleicht sollte ich es lieber nicht sagen. Bei deinem Temperament muss ich befürchten, dass du mich dann erschlägst.“

„Bäh!“ Fipps streckte ihm die Zunge heraus. „Nun hast du schon gegackert, also musst du auch legen. Wo siehst du das Problem?“

„Ihr seid euch zu ähnlich“, antwortete Orsino. „Ihr habt beide ein Temperament wie Schießpulver, ihr seid beide sehr stolz und ihr habt beide einen Dickkopf.“

„Er hat aber angefangen!“, schmollte Fipps. „Ich gehe nicht so schnell in die Luft wie er – nur wenn er mich provoziert! Und er ist herrschsüchtig!“

„Er ist schließlich auch ein Herrscher, und das schon seit ein paar hundert Jahren“, gab Orsino zurück. Dann strich er prüfend über Galadirs Hals. „Galadir ist wieder trocken. Sollen wir umdrehen?“

„Okay.“ Fipps führte Heros ein Stück voraus und ließ ihn dann wenden.

Orsino hatte ebenfalls umgedreht und wartete, bis sie zu ihm aufgeschlossen hatte, bevor er weiterging. „Fipps, ich kenne Oberon ein bisschen länger als du. Er ist schon immer ziemlich leicht hochgegangen – und am zornigsten wird er, wenn er sich hilflos fühlt. Das verträgt er überhaupt nicht.“

„Ich sag's ja: Er ist es gewohnt, dass immer alles nach seinem Kopf geht.“

„Ja, das bestreite ich nicht. Und bisher war die Königin immer die einzige, die ihn bremsen konnte. Dummerweise ist sie jetzt aber nicht da.“ Orsino seufzte. „Oberon würde es nie zugeben, aber ohne sie fühlt er sich immer total einsam. Und wenn dann noch etwas passiert ...“ Er beendete den Satz nicht, sondern lächelte stattdessen und legte Fipps für einen Augenblick die Hand auf die Schulter. „Er hat war so zornig, weil er sich hilflos fühlt. Sieh mal, für ihn ist die Situation doch auch nicht angenehm. Es ist nicht nur so, dass er dir Topas anvertraut hat. Das geht auch andersrum: Er hat dich auch Topas anvertraut! Und jetzt geht Topas auf dich los. Elfenpferde tun das eigentlich nicht. Sie werden nur dann böse, wenn man sie schlecht behandelt."

„Jetzt fängst du auch noch an!", schimpfte Fipps.

„Nein, tue ich nicht", verteidigte sich Orsino. „Ich versuche nur, dir Oberons Position zu erklären. Aber wir drehen uns im Kreis, wie mir scheint." Er schwieg.

Fipps senkte den Kopf und betrachtete ihre Fußspitzen in den schwarzen Stiefeln. Eine ganze Weile ging sie wortlos neben Orsino her. Dann sagte sie leise: „Es tut weh, Orsino. Dass mein Großvater glaubt, ich könnte Topas schlecht behandeln - du, das tut richtig weh!"

„Hmm." Orsino nickte und legte ihr beruhigend die Hand auf den Arm. „Dir tut's weh, dass Oberon überhaupt so denkt. Und ihn schmerzt es, dass er keine andere Erklärung für Topas' Verhalten finden kann. Und übrigens ..." Er blieb stehen und holte tief Atem. „Eigentlich dürfte ich dir das gar nicht erzählen. Ich dürfte es noch nicht mal wissen. Aber ich war neugierig und habe gelauscht. Oberon hat gestern seinen alten Waffenmeister Palandrel gerufen - obwohl sie seit Jahren kein Wort miteinander gesprochen haben. Aber Palandrel kennt die Linie, aus der Heros und Topas stammen, noch einige Jahrzehnte länger als Oberon. Und der hoffte, dass

Palandrel vielleicht eine Idee hat, warum Topas so aggressiv geworden ist."

„Und?", fragte Fipps aufgeregt.

Orsino seufzte. „Es hat Krach gegeben – deinetwegen." Er war inzwischen bei der Putzplatte vor dem Stall angekommen und band Galadir fest. Ohne Fipps anzusehen, erklärte er: „Der Streit zwischen Palandrel und Oberon entstand einst, weil Palandrel gegen die Ehe deiner Eltern war. Er verstand nicht, wie Oberon seiner Tochter erlauben konnte, einen Menschen zu heiraten. Und gestern kam er dann eben damit, dass du vielleicht nicht richtig mit Topas umgehen könntest, weil du nur eine Halb-Elfe bist."

Fipps senkte den Kopf und studierte erneut ihre Zehenspitzen. „Vielleicht hat er recht?", fragte sie leise. „Vielleicht hat Topas auch gemerkt, dass ich keine richtige Elfe bin, und will darum nicht mehr mit mir zusammen sein?"

„So ein Blödsinn!", widersprach Orsino ärgerlich. „Oberon hat es Palandrel gestern auch gesagt: Wenn du kein Gespür für Pferde hättest, wärst du mit Topas gar nicht so weit gekommen. Und dann", er deutete auf Heros, der seine Nase an Fipps' Schulter drückte, „würde Heros dir nicht vertrauen und dich an sich heranlassen. Oberon sagte sogar, dass du wahrscheinlich eine bessere Reiterin bist als manche Elfen, weil du nicht nur das Gespür der Elfen, sondern dazu auch noch den Pferdeverstand deines Menschenvaters geerbt hast." Er öffnete den Wasserhahn, nahm den Schlauch vom Haken und begann, Galadirs Beine abzuspritzen. Über das Geräusch des Wassers hinweg rief er: „Wenn du gehört hättest, wie Oberon dich in Schutz genommen hat, würdest du nicht mehr an seinem Vertrauen in dich zweifeln."

„Tja ..." Fipps lehnte die Stirn an Heros' Hals. „Das Problem ist nur, dass mir das auch nicht viel weiterhilft. Topas will trotzdem nichts mehr mit mir zu tun haben ..."

Kapitel 10

Stürmische Entdeckung

Ein greller Blitz erleuchtete den bewölkten Nachthimmel über dem Cyriakushof, gefolgt von einem mächtigen rollenden Donnerschlag. Fipps drehte sich im Bett herum und versuchte, sich ihr Kissen über die Ohren zu ziehen. Sie hatte sich lange hin- und hergedreht, bis sie überhaupt einschlafen konnte, und nun hatte sie der Donner wieder geweckt. Dabei fühlte sie sich wie erschlagen. Ihr Kopf tat weh; ihre Träume waren beängstigend und wirr gewesen. Sie hatte darin immer wieder erlebt, wie Topas auf sie losgegangen war. Und was fast noch schlimmer war: Sie hatte ihn gesehen, wie er mit hängendem Kopf im Wald stand – genau so wie am Nachmittag, als sie ihn im Elfenwald gesucht hatte. Und genau wie ein paar Stunden zuvor hatte er einsam und unglücklich gewirkt. Im Traum wollte sie zu ihm eilen, doch etwas hatte sie gefangen gehalten.

Nun rüttelte auch noch der Wind an ihrer offenen Balkontür, die sich quietschend bewegte.

Fipps stöhnte, setzte sich auf und rieb sich die Augen. Sie wusste, dass sie mit der knarrenden Tür nicht wieder würde einschlafen können. Also zwang sie sich auf die Beine und stolperte auf nackten Füßen zum Balkon hinüber.

Gerade, als sie dort angekommen war, blitzte es noch einmal. Fipps war von dem plötzlichen Licht fast geblendet und kniff die Augen zusammen. Himmel, war sie müde! Dabei hatte sie doch am Vortag gar nicht so viel getan. Der Ausritt auf Heros war für ihre Verhältnisse eher kurz gewesen – gerade mal zum Elfenwald und zurück. Nur eine Stunde war sie insgesamt zu Pferd unterwegs gewesen, wobei Heros es ihr sehr leicht gemacht hatte.

Aber vielleicht waren es die zwei Stunden gewesen, die sie dazwischen im Elfenwald damit verbracht hatte, nach Topas zu suchen. Sie war über Stock und Stein geklettert und zweimal durch den Bach gewatet, bis sie ihn schließlich im hinteren Teil der Schlucht gefunden hatte. Er stand in einem kleinen Waldstück, durch den an dieser Stelle reißenden Bach von ihr getrennt.

Fipps hatte eine ganze Weile auf einem Stein gesessen und zu ihm hinüber gesehen. Er war so nah – und doch so unerreichbar fern, und es tat weh, ihn so zu erleben.

Langsam griff Fipps nach der Balkontür. Während sie

sie zuzog, schweifte ihr Blick über die dunklen Koppeln. War da nicht ein Licht auf Topas' Wiese?

Fipps runzelte die Stirn und trat auf den Balkon hinaus. Doch, tatsächlich: Drüben, an der Brombeerhecke, leuchtete etwas auf. Und wenn sie sich darauf konzentrierte, konnte sie auch einen Schatten erkennen, der sich dicht am Boden bewegte.

Was war da draußen los? Fipps lehnte sich an die Brüstung und studierte den Schatten in der Dunkelheit. Ein gebeugter Rücken, vier Beine – halt, nein, das waren nicht alles Beine! Da war jemand auf Händen und Füßen unterwegs und untersuchte offensichtlich den Boden.

Noch einmal blitzte es – dieses Mal genau über der Wiese. Im Licht des Blitzes erkannte Fipps, dass der Schatten auf der Koppel helles Haar hatte.

Wer war da draußen? Und was suchte er auf der Wiese?

Fipps war mit einem Schlag hellwach. Schnell ging sie in ihr Zimmer zurück, schnappte sich ihre Shorts und schlüpfte hinein. Auf Zehenspitzen schlich sie barfuß aus ihrem Raum, über den Flur und die Treppe hinunter. Unten, im Hausflur, standen ihre Sneakers. Sie zog sie an und nahm eine Taschenlampe vom Regal, knipste sie aber noch nicht an, drehte dann leise den Schlüssel im Schloss, steckte ihn in ihre Tasche und eilte hinaus in die Dunkelheit.

Das Gewitter war inzwischen weitergezogen. Nur der Regen ließ nicht nach; er schien sogar noch stärker zu werden. Gleichzeitig wehte ein starker Wind. Fipps fröstelte und überlegte, ob sie sich lieber eine Jacke holen sollte. Immerhin trug sie nur T-Shirt und Shorts. Andererseits hatte sie ja nicht vor, den Rest der Nacht draußen zu verbringen. Sie wollte nur auf der Koppel nach dem Rechten sehen.

Sie sprintete über den Hof – und blieb dann am Koppeltor stehen. Am wolkenverhangenen Himmel war kein Mond zu sehen; es war stockfinster. Das kleine, silbrige Licht oben an der Brombeerhecke war ihr einziger Orientierungspunkt.

Fipps dachte nach. Hatte Oberon nicht gesagt, dass er sie von Florinde bewachen ließ? Im Moment hätte sie nichts dagegen gehabt, wenn ihre Bodyguard-Elfe sich bei ihr gemeldet hätte. Leise fragte sie in die Dunkelheit hinein: „Florinde?“

Keine Antwort. Fipps straffte die Schultern. Egal: Sie musste einfach nachsehen, was auf der Koppel los war! Geschmeidig schlängelte sie sich durchs Tor, schlich im Schatten der Büsche die Wiese hinauf und hielt die Lampe in Bereitschaft. Sie hatte vor, das Wesen, das da oben unterwegs war, zu überraschen und zu blenden.

Doch jetzt stolperte sie – und unter ihren Füßen knackte ein trockener Zweig. Fipps stand ganz still und fürchtete, dass der Eindringling auf der Koppel bestimmt hören würde, wie laut ihr Herz klopfte.

„Fipps? Bist du das?" Das silberne Licht drehte sich zu ihr – und plötzlich konnte sie eine schmale Hand sehen, die jene kleine Flamme zu steuern schien.

„Orsino? Was machst du denn hier mitten in der Nacht? Mensch, du hast mich erschreckt!", schimpfte Fipps und war gleichzeitig mehr als erleichtert, nicht einem Kobold, Zwerg oder Erdgeist gegenüber zu stehen.

„Hey, ich bin kein Mensch!", kicherte Orsino und kam näher. „Hab ich dich geweckt?"

„Nein, das war das Gewitter – meine Balkontür hat geknarrt. Und dann habe ich dich gesehen. Was machst du hier?", wiederholte Fipps.

„Ich konnte nicht schlafen", erklärte Orsino und leuchtete mit dem Flämmchen den Boden ab. Dann ging er in die Knie.

„Ah ja", meinte Fipps kopfschüttelnd. „Und jetzt suchst du hier nach Baldrian, um dir einen Schlaftrunk zu brauen?"

„Nee." Orsino kroch an der Hecke entlang. Mit der einen Hand dirigierte er sein Lichtchen, mit der anderen tastete er den Boden ab. „Mist – diese blöden Dornen!", schimpfte er plötzlich.

„Brombeerhecken sind nun mal stachelig", stellte Fipps trocken fest. „Was machst du da, Orsino?"

„Ich suche!“

„Ach, ehrlich?“ Fipps verdrehte die Augen. „Da wäre ich nicht drauf gekommen. Ich habe gedacht, du würdest hier was anpflanzen. Verrätst du mir auch noch, was du suchst? Vielleicht kann ich dir ja helfen?“

Orsino antwortete nicht. Stattdessen beugte er sich noch dichter über die Erde und bog mit der Hand ein paar Gräser zur Seite. Dann strich er ein paar mal über den Grund, hob die Hand zum Gesicht und roch daran. „Ich hab’s, Fipps!“ Er flüsterte fast. „Ich glaub, ich hab’s.“

„Ähm – Orsino?“ Fipps erinnerte sich, dass sie eine Lampe mitgenommen hatte und schaltete sie an. Orsino blinzelte, als das helle Licht auf ihn fiel, und kniff kurz die Augen zusammen. „Was hast du, Orsino?“, fragte Fipps und klang dabei wie eine geduldige Lehrerin, die etwas von einem begriffsstutzigen Schüler wissen wollte.

Orsino deutete auf die Stelle, an der er das Gras zur Seite gebogen hatte. „Siehst du das, Fipps?“

Fipps runzelte die Stirn und zog die Augenbrauen zusammen. „Nein, was soll da sein?“

„Guck doch mal – hier!“ Orsino tippte auf die Erde. „Der dunkle Fleck da, siehst du ihn nicht?“

Fipps beugte sich zu ihm hinunter und richtete die Lampe auf Orsinos Hand. Nun konnte sie tatsächlich sehen, dass die Erde dort etwas dunkler war als darum herum. „Was ist das?“, fragte sie.

„Blut“, antwortete Orsino kurz. „Stellt sich nur die Frage, wie es dorthin gekommen ist.“

Inzwischen regnete es immer heftiger. Fipps’ T-Shirt war an den Schultern schon durchtränkt, und sie begann zu frieren. „Ich versteh nicht ganz. Könntest du mir vielleicht erklären, was hier los ist? Und wenn’s geht, im Trockenen?“

„Hmm.“ Orsino stand auf und schüttelte sich. „Komm, wir gehen zum Kirschbaum rüber. Darunter müsste der Boden noch trocken sein.“ Er setzte sich in Marsch, und Fipps blieb nichts anderes übrig, als ihm zu folgen.

„Orsino, verrätst du mir jetzt endlich, was los ist?“, fragte sie, als sie endlich unter dem Kirschbaum standen.

Orsino lächelte und schnippte mit den Fingern, dann ließ er sich unter dem Baum nieder und streckte die Beine von sich. „Ich habe einen Schirm über uns gezaubert.“

„Na, hoffentlich hält der!“ Fipps setzte sich neben Orsino und sah ihn erwartungsvoll an. „Und jetzt erzähl.“

„Ich konnte nicht schlafen, weil ich die ganze Zeit darüber nachgedacht habe, warum Heros auf der Koppel so verrückt gespielt hat“, begann Orsino.

„Ich dachte, dass er etwas in der Hecke gesehen hat, vielleicht eine Schlange“, meinte Fipps. „Konny hat letzte Woche die abgestreifte Haut einer Ringelnatter auf der Stutenkoppel gefunden. Vielleicht ist Heros die passende Schlange dazu begegnet.“

„Das allein hätte ihn nicht so verrückt gemacht.“ Orsino griff nach Philippas Lampe und knipste sie aus. „Damit ziehst du nur Mücken an – und in Insektenzaubern sind wir beide nicht so gut.“

„Stimmt.“ Fipps stellte die Lampe ab, zog die Beine an und schlang die Arme um ihre Knie. Ihr war immer noch ziemlich kalt. „Meinst du, dass Heros panisch wurde, weil er einen Blutfleck unter der Hecke entdeckt hat?“

„Hast du eine andere Erklärung?“, gab Orsino zurück. „Du weißt, Pferde haben feinere Nasen als Menschen und Elfen. Und Blutgeruch macht sie verrückt. Für sie ist das ein Warnsignal: Hier ist etwas passiert – halt dich fern von diesem Ort!“

„Aber wie ist das Blut auf unsere Koppel gekommen?“, überlegte Fipps.

Orsino griff in die Brusttasche seines zerknitterten Spitzenhemdes und zog etwas heraus. Er hielt es mit der linken Hand und ließ mit der rechten ein kleines Flämmchen aufleuchten. In ihrem Schein konnte Fipps eine schwarze Feder erkennen. „Das ist eine Rabenfeder“, erklärte Orsino. „Und in der Brombeerhecke hängen noch ein paar Flaumfedern, die wahrscheinlich zum gleichen Raben gehört haben.“

„Hat sich ein Rabe in der Hecke verfangen und sich verletzt?“, überlegte Fipps laut. „Oder hat ihn ein Fuchs gerissen?“

„Wollen wir hoffen, dass es ein Fuchs war." Orsino schob die Feder wieder in seine Brusttasche und senkte den Kopf.

Genau in diesem Moment fuhr eine Sturmbö über die Koppel hinweg, sodass sich der Kirschbaum ächzend neigte. Fipps zog ihre Knie näher an ihren durchgefrorenen Körper heran und sah aus den Augenwinkeln zu Orsino hinüber, der ein Knie angezogen und das Kinn darauf gestützt hatte. Der Wind hatte eine seiner blonden Strähnen erfasst und blies sie ihm immer wieder gegen die Stirn, doch Orsino kümmerte sich nicht darum. Er war tief in Gedanken versunken.

Fipps zog die Schultern hoch. Diese dunkle Sturmnacht hatte etwas Bedrohliches, und sie wünschte sich nichts mehr, als dass Orsino sie ermutigend anlächeln oder wenigstens wieder mit ihr reden würde.

Doch er schwieg, und Fipps traute sich nicht, ihn anzusprechen. Obwohl sie die Wärme seines Körpers spüren konnte, schien er kilometerweit von ihr entfernt zu sein. Fipps fühlte sich neben ihm so einsam wie selten zuvor in ihrem Leben ... und ihr war so kalt! Ihre Zähne begannen zu klappern und ihre Knie zitterten.

Orsino wandte den Kopf. „Du frierst ja. Du solltest zurück in dein Bett gehen." Er stand auf und streckte ihr die Hand hin. „Komm, ich bring dich zum Haus zurück."

Fipps nahm dankbar seine warme Hand und ließ sich

von Orsino auf die Beine helfen. Dann fiel ihr etwas ein. „Orsino, glaubst du, dass Topas sich auch vor dem Blutfleck erschreckt hat?“, fragte sie.

Orsino gab keine Antwort. Er schien Fipps nicht gehört zu haben, sondern rannte los. „Los jetzt – sonst erkältest du dich noch!“

Hand in Hand rannten die beiden zum Koppeltor und über den Weg hinüber zum Haus. Unter dem Vordach blieben sie atemlos stehen. „Danke fürs Heimbringen“, sagte Fipps leise.

Orsino drückte ihr die Lampe in die Hand, die er getragen hatte. „Du musst schnell ins Bett, du bist ja klatschnass. Wir sehen uns morgen.“

Aber Fipps konnte Orsino nicht einfach so gehen lassen. Sie schluckte. „Orsino, könnte ich die Rabenfeder haben?“ Sie wusste gar nicht, warum sie danach gefragt hatte. Vielleicht, weil sie ohne eine greifbare Erinnerung später das Gefühl haben würde, dass die Nachtbegegnung auf der Koppel nur ein seltsamer Traum gewesen war?

Doch die Frage kam bei Orsino nicht gut an. Er legte die Hand schützend über seine Brusttasche und schüttelte energisch den Kopf. „Nein. Nein“, wiederholte er. „Die Feder ist ...“ Er biss sich auf die Unterlippe, schüttelte den Kopf und sagte leise: „Ich brauche sie vielleicht noch.“

Doch nun war Philippas Neugierde erweckt. „Was willst du damit? Orsino – was ist mit der Feder? Du glaubst nicht, dass der Rabe vom Fuchs gerissen wurde, oder?“

Orsino zögerte. „Ich weiß noch nicht. Ich habe eine Idee ... aber ich glaube, ich mag sie nicht. Ich mag sie ganz und gar nicht.“

„Worum geht's?“, wollte Fipps wissen.

Noch einmal schüttelte Orsino den Kopf. „Ich muss darüber nachdenken. Vielleicht – hoffentlich – liege ich ganz falsch. Andererseits wäre es eine Erklärung ...“

„Orsino, du sprichst in Rätseln!“ Fipps stupste ihn an die Schulter. „Erklärst du mir jetzt vielleicht mal in klaren, verständlichen Worten, worum es geht?“

Orsino antwortete nicht auf ihre Frage. Stattdessen strich er seine nassen Haare aus dem Gesicht. „Ich hole dich morgen von der Schule ab. Ist das in Ordnung?“

„Ja, klar – aber ...“

Der Elf unterbrach sie: „Ich muss gehen. Schlaf gut!“ Und bevor sie noch etwas sagen konnte, war er losgerannt. Fipps sah gerade noch einen Schatten auf dem Weg, dann schluckte ihn die Dunkelheit der Regennacht.

Kapitel 11

Das Geheimnis der Rabenfeder

„Aber hallo – da ist ja der niedliche Junge wieder!“

„Und schnuckelig sieht er heute aus! Ich glaub, ich sprech ihn mal an ...“

Fipps, die gerade mit Alina über den Schulhof ging, verdrehte genervt die Augen. Ihre Freundin stolperte fast über ihre eigenen Füße, weil sie immer noch dabei war, ihre Mathearbeit zu studieren, die sie gerade zurückbekommen hatten. Dennoch hatte sie auch gehört, worüber sich die beiden Klassenzicken vor ihnen unterhielten, und grinste Fipps jetzt über ihr Heft hinweg an. „Haben Jasmin und Katja eigentlich auch mal was anderes im Kopf als Jungs?“, fragte sie leise.

„Was denkst du denn?“ Fipps hängte sich ihren Rucksack über die Schulter. „Sie interessieren sich außerdem auch brennend für Make-up und neue Klamotten!“

„Echt spannend!“, fand Alina und reckte sich auf die

Zehenspitzen, um über Katja und Jasmin hinwegzusehen, die am Schultor stehen geblieben waren und albern miteinander kicherten. Ihr Grinsen wurde breiter, und sie knuffte Fipps in die Seite. „Ich glaube, die beiden werden gleich wieder eine Enttäuschung erleiden. Der niedliche Junge wartet nämlich nicht auf sie ..."

Philippa hörte nicht, was Alina sonst noch sagte. Inzwischen hatte sie den Jungen ebenfalls erspäht, der vor dem Schultor an einem Fahnenmast lehnte. Und so selten sie sonst mit Jasmin und Katja übereinstimmte – in diesem Fall hatten die beiden ausnahmsweise mal recht: Orsino sah wirklich schnuckelig aus. Er hatte es geschafft, seinen *coolen Klamottenzauber* endlich so zu vervollkommnen, dass wirklich etwas Hübsches dabei herausgekommen war. An diesem Tag waren es Sneakers, lässige Cargo-Jeans und ein enges, blaues T-Shirt, das genau die Farbe seiner Augen hatte. Sein Haar, das in der Sonne wie poliertes Gold glänzte, war zu einem Pferdeschwanz zusammengebunden.

„Hey, Orsino!" Fipps winkte ihm zu und setzte sich in Trab. Sie war so froh, ihn nach der seltsamen Regennacht wieder zu sehen. Allerdings wirkte er immer noch sehr ernst, und das Lächeln, mit dem er sie begrüßte, reichte nicht bis zu den Augen.

Dafür aber nahm er ihr – ganz Kavalier – sofort den schweren Rucksack ab und hängte ihn über seine Schulter. „Hallo, ihr zwei!“ Dann nahm er auch Alinas Rucksack und schwang ihn über die andere Schulter. Unter dem Gewicht knickte er ein wenig ein, doch er fing sich sofort wieder. „Ui – habt ihr Blei geladen?“

„Nö, nur Schulbücher“, antwortete Fipps. „Sollen wir dir wieder was abnehmen?“

„Ich bin groß und stark.“ Orsino wies mit dem Kinn auf den Park gegenüber der Schule. „Gehen wir da rüber?“ Er senkte die Stimme. „Wir müssen ganz schnell in den Elfenwald. Ich muss euch was erzählen – aber das geht hier nicht!“

Fipps und Alina liefen hinter ihm her, als er mit großen Schritten die Straße überquerte. „Äh – wie kommen wir ganz schnell in den Elfenwald?“, erkundigte sich Alina. „So viel ich weiß, fahren da keine Busse hin.“

„Ich hab Heros mitgebracht“, antwortete Orsino.

„Ein Pferd für drei Leute? Und du meinst nicht, dass wir vielleicht auffallen, wenn wir zu dritt auf Heros durch die Stadt traben?“ Alina sah ziemlich skeptisch aus.

„Vertrau mir, ich weiß schon, was ich tue.“ Orsino steuerte direkt auf ein kleines Gehölz zu. „Übrigens, Ali ...“ Nun grinste er und sah plötzlich sehr lausbubenhaft aus. „Du wirst mir vertrauen müssen. Du kannst Heros nämlich nicht sehen. Florinde hat ihn für mich mit einem Zauber belegt, der ihn für Menschenaugen unsichtbar macht.“

„Oh, klasse! Ich wollte schon immer mal mit dir und Fipps auf einem unsichtbaren Pferd reiten!“, lachte Alina. „Die Frage ist nur: Wie kann ich auf ein unsichtbares Pferd aufsteigen?“

Philippa hatte den Schimmel bereits entdeckt. Er stand ohne Sattel und Gebiss in dem kleinen Gehölz und blickte dem Trio entgegen. Sie ging auf ihn zu und streichelte über seine Samtnase. „Hallo, Heros! Schön, dich zu sehen.“ Eigentlich wäre ihr Topas lieber gewesen – er fehlte ihr so sehr. Aber Heros' warmer Atem an ihrer Wange war ein kleiner Trost.

Orsino sah sich kurz im Park um. „Die Luft ist rein.“ Er ließ die beiden Rucksäcke zu Boden gleiten und grinste Fipps an. „Kannst du die schrumpfen lassen? Du bist besser mit Verkleinerungszaubern als ich.“

„Klar.“ Fipps war stolz darauf, dass sie diesen Zauber inzwischen perfekt beherrschte. Sie konzentrierte sich auf die beiden Rucksäcke, stellte sich vor, wie sie ganz klein aussehen würden, und schnippte mit den Fingern. Die Rucksäcke schrumpften, bis sie schließlich beide nur noch so groß waren wie eine Streichholzschachtel. Fipps sammelte sie ein und schob sie in die Hosentasche. „Erledigt!“, verkündete sie.

„Prima.“ Orsino trat zu Alina. „Du streckst jetzt die Hände vor und gehst einen Schritt nach links. Dann solltest du Heros ertasten können.“

„Okay.“ Alina schloss die Augen, streckte die Hände aus und wandte sich nach links. Fipps sah, wie ihre Hände Heros’ Fell berührten. „Ich hab ihn.“

„Gut. Jetzt stell dich bitte dicht neben ihn. Fipps, gehst du bitte auf Heros’ andere Seite und fängst Alina auf, wenn ich ihr hochhelfe? Wir wollen ja nicht, dass sie gleich wieder runterpurzelt“, sagte Orsino.

Fipps lächelte. „Klar, kein Problem.“

„Das sagst du so!“ Alina schauderte. „Ich finde die Vorstellung, gleich auf einem unsichtbaren Pferd zu landen, ziemlich schräg.“

„Solange du nicht schräg auf ihm sitzt ...“ Orsino stand jetzt neben Heros und hinter Alina. „Linkes Bein hoch!“, kommandierte er.

Alina hob gehorsam das linke Bein. Orsino packte ihren Unterschenkel und hob sie mit Schwung auf Heros, der brav stillstand. Fipps musste von der anderen Seite stabilisieren, doch schließlich saß Alina sicher auf Heros’ Rücken. „Angekommen!“, verkündete sie vergnügt.

„Rutsch noch ein bisschen nach hinten – Fipps und ich müssen ja auch noch drauf.“ Orsino wartete, bis sich Alina zurechtgesetzt hatte, dann schwang er sich mit einem Satz vor sie auf den Rücken des Schimmels und streckte Fipps die Hand hin. „Tritt auf meinen Fuß! Ich zieh dich vollends rauf.“

Fipps holte Schwung und ließ sich von Orsino auf

Heros helfen. Es war etwas eng auf seinem Rücken – sie saß Orsino beinahe auf dem Schoß, während sich Alina von hinten an ihn klammerte. „Also, einen starken Trab möchte ich so nicht reiten!“, lachte sie.

„Musst du auch gar nicht.“ Orsino fasste um Fipps herum und streichelte den Hals des Schimmels. „Festhalten, Mädels, und ganz fest an die Lichtung im Elfenwald denken! Heros – bring uns nach Hause!“

Der Hengst, der bis jetzt wie ein Denkmal gestanden hatte, schüttelte den Kopf, sodass seine Mähne flog. Dann galoppierte er aus dem Stand an – und stellte sich nach zwei Sprüngen kraftvoll auf die Hinterhand! Fipps hörte, wie Alina erschrocken aufschrie, dann wirbelte für einen Moment alles um sie herum. Sie hielt sich mit beiden Händen in Heros' Mähne fest, doch es nutzte ihr nicht viel. Der Hengst landete mit einem Ruck wieder auf den Vorderbeinen, dabei purzelte Fipps zur linken Seite hinunter. Aber das Gras auf der Lichtung war weich. Sie rollte sich ab und sah gerade noch, wie Orsino und Alina auf der anderen Seite zu Boden gingen. „Seid ihr in Ordnung?“, fragte sie.

Alina setzte sich auf und schüttelte den Kopf. „Ja, aber wenn ich ehrlich sein soll: Busfahren ist irgendwie doch bequemer.“

„Geht aber nicht so schnell.“ Orsino stand auf und klopfte Heros' Hals. „Danke, Heros!“ Der Schimmel drehte ihm den Kopf zu. Dann brummte er leise und setzte sich in Trab. Leichtfüßig schwebte er zur anderen Seite der Lichtung hinüber, wo das Gras hoch stand. Dort nahm er alle vier Beine eng unter den Körper, legte sich hin und wälzte sich mit einem behaglichen Grunzen.

Fipps musste trotz ihrer Anspannung lachen. „Wir haben ihn dreckig gemacht. Er muss sich erstmal säubern." Sie wandte sich zu Orsino, der auf ihren Lieblingsplatz an der Quelle zusteuerte. „Was wolltest du uns erzählen, worüber du in der Menschenwelt nicht sprechen konntest?"

Orsino setzte sich auf einen Stein an der Quelle und blickte Fipps ernst an. „Ich glaube, ich weiß, was mit Topas passiert ist."

„Wie?" Fipps eilte zu ihm hinüber. „Hat es was mit der Rabenfeder zu tun?"

„Ja", antwortete Orsino. „Glaube ich jedenfalls", meinte er dann seufzend. „Es ist kompliziert. Ich weiß gar nicht, wie ich es erklären soll."

Alina war herübergekommen und machte es sich ebenfalls auf einen bemoosten Felsen bequem. „Na, dann fang doch am besten am Anfang an und hör am Ende auf", schlug sie vor.

„Wenn ich nur wüsste, wo der Anfang und das Ende sind!", klagte Orsino, beugte sich nieder und schöpfte einen Schluck Quellwasser mit der Hand. Er trank, dann räusperte er sich. „Ich fang am besten in der Mitte an."

„Wo auch immer – nur leg endlich los!“, bat Fipps, die schon vor Ungeduld zappelte. „Was ist mit Topas?“

„Ich glaube, dass Mortron ihn verzaubert hat“, erklärte Orsino. „Oder besser gesagt: Er hat ihn verflucht – wahrscheinlich auf dieselbe Art, wie er einst das Pferd deines Vaters verhext hat, Fipps.“

„Wie meinst du das?“, krächzte Fipps. Ihr Hals war plötzlich so trocken, dass sie auch schnell einen Schluck aus der Quelle nehmen musste.

„Ich sagte doch: Es ist kompliziert“, klagte Orsino und fuhr sich mit beiden Händen durch die Haare.

„Orsino!“ Alina klang sehr streng. „Jetzt rede endlich!“

„Also“, begann Orsino schließlich, „ihr wisst doch, dass ich einem anderen Elfenstamm angehöre als Fipps und ihre Großeltern? Mein Vater – der auch Mortrons Vater war – stammte von norwegischen Waldelfen ab, die sich einst, vor vielen, vielen Generationen, im Kampf gegen die Gnome mit den Hexen verbündeten. Der Bund wurde besiegelt, in dem ein Elfenprinz – mein Urur-ich-weiß-nicht-wieviel-ur-Großvater – eine Hexe heiratete.“

Alina wedelte aufgeregt mit der Hand. „Das ist ja das Neueste! Hexen gibt es also auch in Wirklichkeit?“ Sie holte Atem und wollte gerade weiterreden, als Fipps sie unterbrach: „Das ist doch jetzt ganz egal! Aber Orsino, was hat das mit Topas zu tun? Ich meine, die Geschichte ist ja sehr interessant, aber ...“

„Lasst mich doch einfach weiter erzählen!“, beschwerte sich Orsino. „Also: Das Hochzeitsgeschenk der Hexen an die Elfen war das geheime Hexenbuch, in dem all ihre Zauber, Rituale und Tränke beschrieben sind. Das Buch ist immer noch in meiner Familie. Mein Vater hat es Oberon anvertraut, der es mir einmal übergeben soll, wenn ich alt genug bin, mit solch gefährlichem Wissen umzugehen.“

„Und in dem Buch ist ein Fluch, den dein Halbbruder gegen Topas verwendet hat?“, fragte Fipps aufgeregt. Sie konnte nicht mehr sitzenbleiben, sondern sprang auf und tigerte nervös vor Orsino und Alina hin und her. „Darum benimmt er sich so seltsam!“

„Ja, so ungefähr“, bestätigte Orsino. „In Wirklichkeit ist alles ein bisschen komplizierter. Es ist nämlich eigentlich kein Fluch, sondern nur ein Zauber. Die Hexen, die nicht so gut mit Pferden umgehen können wie wir Elfen, haben ihn entwickelt. Damit kann man ein Pferd an sich binden. Eigentlich ist das ja nichts Schlechtes ...“

„Aber?“, fragte Alina nun. „Was ist mit Topas passiert?“

„Die Rabenfeder“, meinte Orsino düster. „Raben sind die Hexenvögel.“

„Und was bedeutet das?“, wollte Fipps wissen.

Orsino seufzte. „Schwarze Magie“, flüsterte er dann. Er nahm die Schultern zurück und sah Fipps direkt an. „Mit dem Blut eines Raben kann man aus einem eigentlich harmlosen Zauber einen Fluch machen. Und das, glaube ich, ist mit Topas geschehen. Mortron hat ihn mit dem Bindungszauber der Hexen belegt, den er mit Hilfe von Rabenblut in einen Fluch verwandelt hat. Und dieser Fluch wendet sich gegen dich, Fipps."

„Aber warum?", rief Fipps. „Wieso tut er so etwas?"

„Weil er dich umbringen will", antwortete eine tiefe Stimme hinter Fipps.

Sie wirbelte herum. „Großvater?", fragte sie erstaunt, denn hinter ihr war nichts zu sehen.

Doch dann begann die Luft zu flimmern, und Oberon erschien in einem weißen Licht. An diesem Nachmittag trug er ein weißes Hemd, eine schwarze Hose und schwarze Stiefel, die ihm bis zum Oberschenkel reichten. Seine weißen Haare waren im Nacken zusammengebunden, was sein Gesicht mit der Falkennase schmal und streng erscheinen ließ. Seine Augen blickten sehr ernst, doch um seinen Mund spielte ein kleines Lächeln. „Ich glaube, ich muss mich entschuldigen", sagte er und wirkte dabei beinahe verlegen. „Philippa, ich habe dir unrecht getan. Das tut mir sehr leid. Ich bitte um Verzeihung."

Fipps schluckte. „Na ja ... ich war auch nicht gerade freundlich zu dir, Großvater. Auch mir tut es sehr leid", antwortete sie leise.

„Komm her, Fipps!", sagte Oberon und zog sie an sich.

„Ich hätte es besser wissen müssen – du würdest Topas nie etwas antun, noch nicht einmal unabsichtlich. Du bist eine wahre Reiterin. Und genau darauf wird es jetzt auch ankommen."

„Oberon ..." Orsino war ebenfalls aufgestanden. „Ich verstehe leider gar nichts mehr. Woher weißt du ...?"

Er kam nicht dazu, seine Frage zu beenden. Oberon blies einen Kuss auf Philippas Scheitel, ließ sie dann los und grinste Orsino an. „Du krümelst, mein Prinz."

„Wie bitte?" Orsino sah verwirrt an sich hinab.

Oberon lachte und schnippte mit den Fingern. Vier weiche Sessel erschienen auf der Lichtung. Oberon ließ sich in einen fallen, streckte die Beine genüsslich von sich und lud die anderen mit einer Handbewegung ein, sich zu setzen. Dann wandte er sich an Orsino, der vor lauter Anspannung vorne auf der Sesselkante balancierte. „Du hast dir heute Nacht das Hexenbuch aus der Bibliothek geholt", verkündete er seelenruhig.

„Ja! Aber ich hab's doch wieder zurückgestellt!"

„Nicht sehr ordentlich, mein Prinz. Als ich heute Morgen in die Bibliothek kam, stand das Hexenbuch leicht aus dem Regal vor. Ich war neugierig genug, um es herauszunehmen – und siehe da, es schlug sich von selbst auf", erklärte Oberon. „Es waren nämlich Kekskrümel zwischen zwei Seiten geraten."

„Oh je." Orsino errötete. „Weißt du, ich hatte ziemlichen Hunger, nachdem ich die ganze Nacht unterwegs gewesen war."

„Für die Entdeckung, die du heute Nacht gemacht hast, hättest du von mir aus sogar meine Berufung als König vollkrümeln dürfen!" Oberon lächelte, bevor er wieder ernst wurde. „Und nun verrate mir mal, wie du darauf gekommen bist, im Hexenbuch nachzusehen."

Orsino rutschte unbehaglich in seinem Sessel hin und her. „Ich weiß, dass ich da eigentlich nicht dran gehen soll. Aber nachdem ich auf Topas' Koppel eine Rabenfeder und einen Blutfleck gefunden habe, kam mir die Idee, dass dort jemand ein schwarzes Ritual ausgeübt haben könnte. Und es gibt ja wohl nur einen Elfen, der zu so etwas fähig wäre und der Interesse daran haben könnte, Fipps in Schwierigkeiten zu bringen. Von da an war es nicht mehr weit zum Hexenbuch. Ich überlegte, wie Mortron es angestellt haben könnte, und mir wurde klar, dass es etwas gewesen sein muss, was du nicht auf den ersten Blick durchschaust. Und da kam ich aufs Hexenbuch."

„Kluger Junge!", lobte Oberon.

„Ich verstehe nicht ganz", schaltete sich Philippa ein. „Warum kennst du das Hexenbuch nicht, wenn es doch in deiner Bibliothek steht, Großvater?"

„Ich kenne es – teilweise. Aber es enthält rund 2000 Seiten. Die habe ich natürlich nicht alle im Kopf", erklärte Oberon.

„Und natürlich hat sich der König nie mit dem Hexenzauber befasst, der Pferde zähmt“, fügte Orsino hinzu. „Als Elf braucht er das ja auch nicht. Aber ich habe mich daran erinnert - auf der Seite ist nämlich ein Pferdebild.“

„Aber wieso denkt ihr, dass Mortron den Zauber kennt?“, fragte Alina. „Er ist doch auch ein Elf, also braucht er ihn genauso wenig. Und außerdem darf er nicht ins Elfenreich. Dann kann er nicht im Buch nachgesehen haben, oder?“

„Ich vermute, dass Mortron eine Kopie des Hexenbuches angefertigt hat, bevor er das Elfenreich verlassen musste“, antwortete Oberon. „Er hat auch damals schon gerne mit schwarzer Magie herumexperimentiert.“ Er atmete tief aus und sprach sehr ernst weiter. „Wie auch immer: Ich bin inzwischen sicher, dass er Topas mit einem Fluch belegt hat.“

„Aber warum ausgerechnet Topas?“, fragte Fipps. „Ich bin doch nur eine kleine Halb-Elfe. Warum geht er gerade auf mich los?“

„Weil Mortron nicht dumm ist“, erklang auf einmal Titanias Stimme. „Er weiß genau, womit er Oberon treffen kann. Wenn er dich verlieren würde, Philippa - und dazu noch durch einen Sturz von Topas - würde es ihm das Herz brechen.“ Sie war unbemerkt auf die Lichtung gekommen, trat hinter Oberon und legte ihm beide Hände auf die Schultern.

Oberon fasste nach ihrer Rechten, führte sie zum Mund und küsste sie. „Meine Königin ..."

„Mein Gemahl!" Titania beugte sich zu ihm hinab und legte ihre Lippen für einen Augenblick in sein Haar. „Du hast mich gerufen."

„Hallo, Großmutter!" Fipps hatte Titania in den letzten schweren Wochen schmerzlich vermisst.

„Philippa! Wie schön, dich zu sehen." Sie schnippte mit den Fingern, worauf neben Oberon ein Sessel erschien, in dem sie sich anmutig niederließ. „Aber bevor wir die Wiedervereinigung der Familie feiern, sollten wir erst unser Problem mit Topas lösen."

„Warst du bei ihm?", fragte Oberon.

Titania nickte und wirkte plötzlich sehr alt und müde. „Du hattest recht, mein Gemahl. Ich habe das Ritual zelebriert. Der Schatten des Raben ist über ihm."

„Es war Orsino, der darauf gekommen ist, dass Topas verflucht sein könnte", erklärte Oberon.

Titania lächelte Orsino zu, der bei ihrem Erscheinen respektvoll aufgesprungen war. Nun errötete er heftig. „Du hast nie daran geglaubt, dass Fipps einen Fehler gemacht haben könnte", stellte sie fest. „Du bist ein wirklich guter Freund – und ein kluger dazu."

„Danke, meine Königin!" Orsino verbeugte sich tief.

„Großmutter, Großvater – könnt ihr Topas helfen? Ihr werdet den Fluch doch sicher von ihm nehmen können, oder?", fragte Fipps hoffnungsvoll. Sie war so glücklich, dass Oberon nicht mehr glaubte, dass sie an allem schuld war!

Titania faltete die Hände im Schoß und seufzte leise. „Wir werden sicher einen Weg finden, den Fluch wieder zu lösen", sagte sie. „Aber wir werden hart arbeiten müssen. Im Moment kenne ich nämlich noch keinen Weg."

„Ich denke, ich schon", sagte Oberon. „Palandrel."

„Natürlich!" Titanias grüne Augen leuchteten auf. „Seine Urgroßmutter war eine Hexe! Er kennt sich mit Hexenmagie aus." Doch dann verdüsterte sich ihr Gesicht. „Die Frage ist nur, ob er uns helfen wird."

Fipps, die dem Wortwechsel zappelnd vor Aufregung gefolgt war, schluckte. „Muss Palandrel uns nicht helfen?", fragte sie. „Ich meine, Großvater ist immerhin der Elfenkönig. Kannst du ihm nicht einfach befehlen, Topas von dem Fluch zu befreien?"

Oberon seufzte. „Mein Kind, du traust mir viel zu - in diesem Fall zu viel. Palandrel kann ich nichts mehr befehlen. Er lebt nicht mehr im Elfenreich." Er sah zu Titania, die prompt das Wort ergriff.

„Das Problem mit Palandrel ist, dass er schon als Oberons Waffenmeister damals im letzten Krieg gegen die Kobolde sehr oft nicht mit Oberons Handeln einverstanden war", erklärte sie.

„Vielleicht kommt es daher, dass er Hexenblut in sich

trägt“, sprach Oberon. „Palandrel wollte sich immer elfischer als die meisten Elfen verhalten. Er ist steinalt und hat schon lange vor meiner Geburt dem König des Nordreiches gedient. Für ihn war es schon fast Verrat, als ich Titania heiratete und damit die beiden Reiche wieder vereinigte.“

„Er hat mir nie vertraut“, bestätigte Titania. „Und im Koboldkrieg war er überzeugt, dass meine Südelfen und ich schließlich die Nordelfen verraten würden. Darüber hat er sich oft mit Oberon gestritten.“

„Der endgültige Bruch erfolgte dann, als wir Miranda erlaubten, einen Menschen zu heiraten“, sagte Oberon. „Er kündigte mir den Dienst auf und verschwand mit seinem Pferd aus dem Elfenreich.“

„Und wo ist er jetzt?“, fragte Fipps.

„Er lebt ganz für sich auf einer Insel im Norden“, antwortete Titania.

„Ich war vor einer Woche bei ihm und habe ihn um Hilfe bei Topas gebeten“, sagte Oberon, schloss die Augen und seufzte. „Er kann am besten mit Pferden umgehen. Aber er findet, ich hätte mich selbst in diese Schwierigkeiten gebracht, weil ich einen Halbmenschen ins Elfenreich geholt und ihm ein Elfenpferd anvertraut habe. Er denkt, dass Philippa nicht genug Gespür für ein Elfenpferd besitzt. Und er sieht überhaupt nicht ein, jetzt die Suppe auszulöffeln, die ich mir eingebrockt habe.“

„Aber das kann er doch nicht machen!“, rief Orsino empört. „Fipps ist doch an den Problemen mit Topas gar nicht schuld! Es war Mortron!“

„Das sollte seine Meinung tatsächlich ändern“, sagte Titania. „Oder?“

Oberon seufzte. „Ich wollte, ich könnte dir da zustimmen. Aber wir wissen leider beide, dass er Mortron mochte – und er es gerne gesehen hätte, wenn Miranda ihn geheiratet hätte.“

„Aber Mortron ist ein Mörder!“ Fipps hielt es nicht mehr auf ihrem Sessel. Sie sprang auf und stand jetzt mit geballten Fäusten vor Oberon. „Palandrel kann doch keinem Mörder helfen!“

„Helfen würde er Mortron sicher nicht“, erwiderte Oberon. „Aber daraus folgt noch nicht automatisch, dass er uns jetzt hilft.“

„Oh, verflixt!“ Titania war auch aufgestanden und legte nun den Arm um Philippas Schulter. „Fipps, ich verspreche dir, dass ich Tag und Nacht arbeiten werde. Ich finde einen Gegenzauber, mit dem wir Topas von dem Fluch erlösen können. Wir brauchen Palandrel nicht.“

„Ich gebe den Gedanken trotzdem nicht so leicht auf“, widersprach Oberon. „Ich glaube nämlich, dass es einen Weg gibt, wie wir ihn überzeugen können, dass Fipps seine Hilfe wert ist.“

„Und welcher?“ Fipps sah zu Oberon.

Er stand auf und streckte sich. Mit hoch erhobenem Kopf sagte er: „Prinzessin, wir beide haben viel Arbeit vor uns. Wir werden Palandrel beweisen, dass du eines Elfenpferdes würdig bist. Wenn er das einsieht, wird er dir helfen, und dann wird dein Topas ganz schnell erlöst werden."

Kapitel 12

Auf Palandrels Insel

Fröstelnd zog Fipps die Schultern hoch. Sie fühlte sich, als ob sie seit mindestens einer Woche nicht geschlafen hätte. Einen halben Tag lang irrte sie nun schon durch feuchtkalten Nebel. Sie war x-mal auf glitschigen, bemoosten Steinen ausgeglitten, hatte sich Knie und Hände aufgeschlagen und schien dennoch keinen Schritt weiter gekommen zu sein.

Nie in ihrem Leben hatte sie sich so sehr nach Hause gesehnt. Sie musste nur die Augen schließen, dann konnte sie den großen Wohnraum auf dem Cyriakushof vor sich sehen. Ein gemütlich knisterndes Feuer im Kamin, Susanne, die an ihrem Schreibtisch in der Ecke in Gesetzbüchern blätterte und Fipps dabei immer wieder anlächelte, ein Becher mit warmem Kakao – Fipps hätte fast alles dafür gegeben, jetzt daheim auf dem Cyriakushof zu sein. Fast alles – nur eines nicht: Topas. Der Gedanke an ihn trieb sie weiter durch den Nebel, nass und zitternd vor Kälte, Einsamkeit und Furcht. Was, wenn sie die Prüfung nicht bestehen würde? Was, wenn sie es nicht schaffte, Palandrel davon zu überzeugen, dass sie Elfe genug war, um mit einem Elfenpferd umgehen zu können?

Sie musste es schaffen. Es ging um Topas! Um Topas, der seit Tagen im Wald bei der Schlucht stand und niemanden mehr an sich heran ließ. Es war offensichtlich, dass er im Wald nicht genug Futter fand. Er war abgemagert. Seine einst prächtige Mähne war teilweise ausgefallen und sein Fell, unter dem man die Rippen zählen konnte, war stumpf und glanzlos. Fipps war in Tränen ausgebrochen, als sie ihn das letzte Mal gesehen hatte – und selbst Oberon hatte schlucken müssen und sagte leise: „Philippa, wir müssen es schaffen. Lange hält Topas nicht mehr durch."

Wieder stolperte Fipps über eine Wurzel und konnte sich nur fangen, in dem sie sich an einem Baum abstützte. Sie gönnte sich eine kurze Verschnaufpause, lehnte sich dagegen und atmete tief durch. Doch bald raffte sie sich wieder auf. Sie war so weit gekommen – so kurz vor dem Ziel würde sie nicht aufgeben!

Die letzten beiden Wochen (oder wie lange war es gewesen? Fipps hatte das Gefühl für Zeit verloren, weil Oberon sie so oft für sie angehalten hatte) waren wie in einem seltsamen Traum vorbeigegangen. Fipps lebte ihr normales Menschenleben; sie ging zur Schule, erledigte ihre Hausaufgaben, aß mit Konny und Susanne, schlief in ihrem Bett. Doch alle Nachmittage verbrachte sie mit Oberon beim Reiten. Und was für sie früher pures Vergnügen bedeutete, war nun harte Arbeit, bei der sie oft am liebsten vor Erschöpfung geweint hätte.

Es ging Oberon nicht mehr darum, dass sie Schenkel und Hände richtig hielt, aufrecht saß und die Lektionen, die er diktierte, sauber ritt. Er verlangte mehr – viel mehr. „Du musst lernen, mit dem Pferd eins zu werden. Du musst mit ihm so zu einer Einheit verschmelzen, dass du es ohne Sattel und Gebiss reiten kannst“, erklärte er ihr zu Beginn. „Kurz: Du musst reiten lernen wie eine Elfe. Du hast bereits das Gespür dafür, nun setze deine Magie ein! Gewinne das Pferd für dich! Konzentriere dich, denke an nichts anderes – nur an dein Pferd und daran, dass ihr eins werdet.“

In den ersten Tagen hatte Fipps gedacht, dass sie es nie schaffen würde. Sie saß auf dem ungesattelten Heros und war schon froh, wenn es ihr gelang, ihn im Galopp um Oberon herum zu reiten. Doch Oberon war das nicht genug. „Ich erkenne immer noch deine Hilfen. Feiner, Fipps! Konzentriere dich noch mehr! Er will ja, aber du gibst ihm noch nicht genug von dir. Du musst mit ihm verschmelzen!“

Nach einer Woche hartem Training war Oberon das erste Mal zufrieden. „Ja – jetzt hast du es!“, rief er, als es ihr endlich gelungen war, Heros nur mit ihren Gedanken zu lenken. Obwohl ihr alle Knochen wehtaten, war Philippa davon so beglückt, dass sie die Augen schloss und intensiv an eine Piaffe dachte. Sie konzentrierte sich ganz fest darauf, und tatsächlich: Heros wölbte den Hals auf und begann, unter ihr auf der Stelle zu traben.

„Großartig! Du hast es wirklich geschafft!“, sagte Oberon zufrieden. „Jetzt hör auf. Für heute reicht es.“

Am nächsten Tag dann hatte er sie von der Schule abgeholt und gesagt: „Du kommst mit Heros klar. Jetzt werden wir es mit anderen Pferden üben.“

Nach einer weiteren Woche wusste Fipps nicht mehr, wie viele Pferde sie geritten hatte. Oberon setzte sie zunächst auf so ziemlich jedes Pferd, das auf dem Cyriakushof und im Elfenwald zu Hause war. Danach zauberte er die verschiedensten Pferde für sie herbei – rundliche Ponys, die vermutlich in ihrem ganzen Leben noch nie auf die Idee gekommen waren, ihre Beine in der Traversale zu verschränken; ein riesiges Kaltblut, auf dessen breitem Rücken Fipps sich total verloren fühlte; ein Rennpferd, das als Allerestes mit ihr durchging. Fipps hatte sich die Kehrseite aufgeritten und konnte vor Muskelkater kaum noch die Treppe in ihr Zimmer hinaufkrabbeln. Sie aß tagelang nicht viel mehr als ein Butterbrot aus der Hand und erledigte ihre Schularbeiten wie in Trance. Und was am Schlimmsten war: Sie fand noch nicht einmal Zeit, Alina aufs Turnier zu begleiten und sich mit ihrer besten Freundin darüber zu freuen, dass sie schon im ersten Versuch einen vierten Platz im Springen errungen hatte.

Doch Philippa hatte trotz allem nicht aufgegeben. Es ging schließlich um Topas! Und genau deshalb suchte sie nun auf Palandrels Insel nach seinem Pferd. Oberon hatte sie am Strand abgesetzt und auf einen bewaldeten Hügel gedeutet. „Irgendwo in diesem Wald muss er stecken. Es ist ein brauner Hengst; sein Name ist Sleipnor. Du kannst ihn nicht verfehlen. Er ist das einzige Pferd auf der Insel." Dann küsste er sie auf die Stirn. „Du suchst Sleipnor – und wenn du ihn gefunden hast, wird er dich zu seinem Herrn führen. Ich werde unterdessen mit Palandrel wetten." Er grinste ein wenig schief. „Drück mir die Daumen, dass er immer noch diese Schwäche für Wetten hat. Früher konnte er einer Wette nie widerstehen; vor allem nicht, wenn es um Pferde ging."

Fipps konnte nur nicken. Sie wusste, was Oberon vorhatte, wenn Palandrel die Wette nicht annahm. Als Titania davon erfuhr, war sie fast explodiert. „Oberon, du bist völlig verrückt geworden! Du kannst dich nicht mit ihm duellieren! Du weißt, dass er Hexenmagie anwendet – und was willst du dann tun?"

„Gewinnen“, antwortete Oberon. „Für ihn ist ein Duell nur ein Spiel. Aber für mich ist es bitterer Ernst. Es geht um Topas und um Philippa. Ich werde nicht zulassen, dass Mortron ihr noch mehr antut! Er hat Miranda getötet, er hat Philippa den Vater genommen – er wird ihr nicht auch noch Topas nehmen.“

Und zum ersten Mal, seit Philippa ihre Großmutter kannte, hatte Titania nicht gefordert, sondern gebeten. „Bitte, mein Gemahl, tu das nicht! Lass mich nach einem Gegenzauber suchen. Ich werde einen finden! Ich brauche nur Zeit!“

„Zeit ist das, was wir nicht haben, meine Königin. Topas schwindet dahin. Wir müssen ihm jetzt helfen.“

Oberons letzter Satz klang in Fipps’ Ohren nach und trieb sie durchs dichte Unterholz. Es hatte zu nieseln begonnen – ein leiser, trauriger Regen, der vom Himmel herabweinte und durch ihre Kleidung drang. Wie lange war sie nun schon in diesem Wald unterwegs? Und wie groß war die Insel überhaupt? Als sie an der Küste gelandet waren, hatte Fipps nicht viel erkennen können, weil die Hügel in dichten Nebel gehüllt waren.

Hinter ihr knackte es. Fipps fuhr herum und suchte mit den Augen das dichte Unterholz ab. Hatte sich da nicht etwas bewegt?

Nun knackte es wieder. Fipps stand auf einem Bein und wagte es nicht, den anderen Fuß auf die Erde zu setzen. Sie traute sich nicht einmal zu atmen ... ja, da bewegte sich wirklich etwas! Sie bildete sich sogar ein, etwas Braunes durch die Büsche blitzen zu sehen. Es knackte zum dritten Mal – und dann erkannte Fipps, was da unterwegs war: ein kleines Reh, das sie aus großen Augen scheu anblickte und dann mit hohen Sprüngen durch den Farn den Hügel hinunter verschwand.

Fipps hätte vor Enttäuschung am liebsten geweint. Doch sie raffte sich auf und hastete weiter, stieg über einen Baumstamm hinweg, riss sich fast den Ärmel an einem vorstehenden Ast ab und rutschte aus. Dieses Mal konnte sie sich nicht abfangen und fiel hin.

Als sie sich wieder aufrichtete, hörte sie erneut ein Knacken, nur ein paar Meter von ihr entfernt. Der Nebel wurde ein wenig dünner, und Philippa erkannte vor sich eine kleine Lichtung. Und dort weidete ein Pferd! Zuerst konnte Fipps durch das dichte Gebüsch nur den Kopf und den Hals erkennen, aber es war eindeutig ein Pferd. „Sleipnor!“, flüsterte Fipps und schloss die Augen.

Oberon hatte ihr beigebracht, wie sie Pferd mit ihren Gedanken erreichen konnte. Fipps nahm ihre ganze Konzentration zusammen. *Sleipnor,* dachte sie. „Sleipnor, ich rufe dich. Meine Magie zu deiner Magie, mein Geist zu deinem Geist, mein Körper zu deinem Körper. Wir werden eins ...“ Während sie die uralte Beschwörungsformel der Elfen flüsterte, schob sie sich mit geschlossenen Augen vorwärts durch die Büsche. Nun spürte sie etwas von dem Braunen. Es war, als ob sich ein spinnwebdünner Faden zwischen ihr und ihm spannen würde, und sie tastete sich daran entlang, bis sie auf der Lichtung stand. Jetzt erst wagte sie, die Augen zu öffnen und den Hengst anzusehen, der auf Armeslänge von ihr entfernt stand und sie betrachtete.

Er war riesig und uralt. Das Fell in seinem Gesicht war vom Alter ergraut; jeder Knochen an seinem Kopf trat scharf hervor, und die langen Ohren baumelten herab. Sein Körper war knochig, das struppige Fell schien ihm zu groß geworden zu sein. Doch die dunklen Augen, die Fipps musterten, waren voll Weisheit und Leben. Fipps hob die Hände. „Sleipnor!“, flüsterte sie. „Ich brauche dich. Bitte hilf mir! Lass mich auf deinen Rücken und trage mich zu deinem Herrn.“

Der Hengst reagierte nicht. Er sah Fipps nur an, doch er rührte sich nicht. Fipps holte tief Atem. *Sleipnor!* Wieder konzentrierte sie sich ganz fest mit geschlossenen Augen auf ihn. Sie stellte sich vor, wie er sie durch den Wald tragen würde und wie dankbar sie ihm sein würde. Eine Welle der Zuneigung durchflutete sie. *Sleipnor, sei mein Pferd! Für diesen Tag, für diese Stunde – sei mein Pferd! Werde eins mit mir!*

Nun spürte sie seinen warmen Atem an ihrer Wange. Langsam, ganz, ganz vorsichtig hob sie die Hand und berührte Sleipnors Nase. Die Haare darauf fühlten sich drahtig an, doch darunter gab es Wärme und eine kleine Bewegung. „Sleipnor - hilf mir!“, flüsterte Philippa und trat sich näher an ihn heran. Sie wusste, dass sie ihm Zeit geben musste. Sie durfte keine Ungeduld zeigen und ihn nicht drängen. Nur dann hatte sie eine Chance, dass er sich für sie entschied und sie aufsitzen ließ.

„Sleipnor ...“ Sie streichelte mit einem Finger über seinen Hals. „Du bist schon sehr alt, nicht? Und du hast bestimmt schon viel erlebt und deinem Herrn immer treu gedient. Ich habe gehört, dass du ihn in der Schlacht getragen hast und dass er sich immer auf dich verlassen konnte“, erzählte sie ihm. „Ich weiß, dass du mir auch helfen wirst. Es geht um meinen Topas. Er braucht mich ... und ich brauche dich, um ihm helfen zu können.“

Der Hengst drehte den Kopf und blies Fipps noch einmal über die Wange. Sie spürte, wie sich das Band zwischen ihnen festigte. Vorher war es spinnwebdünn gewesen. Jetzt wurde es stabiler - und Philippa wagte es. Sie setzte sich in Bewegung und fragte: „Kommst du mit mir?“

Der Braune schien nachzudenken. Fipps hielt den Atem an, ging aber tapfer weiter. Zwei Schritte, drei Schritte ... nein, sie durfte sich nicht umdrehen. Sie durfte ihm nicht zeigen, dass sie zweifelte. Er würde ihr nie folgen, wenn er ihre Unsicherheit spürte.

Doch nun kam er – zögernd, mit langem Hals, immer noch mit zwei Schritten Abstand. Fipps ging weiter um die kleine Lichtung herum. Sleipnor blieb auf Distanz, doch er folgte ihr. Nach einer Runde blieb Fipps stehen. „Sleipnor?“ Sie drehte sich langsam um und hielt ihm wieder die Hände hin. Dieses Mal kam der Hengst näher, roch daran, hob dann den Kopf und blickte Philippa an.

Sie wusste, dass er sich nun entscheiden würde, und hielt ganz still, obwohl ihr Herz so laut klopfte, dass sie sicher war, dass man es im ganzen Wald hören konnte.

Plötzlich senkte Sleipnor den Kopf und knickte gleichzeitig mit einem Knie ein. Es sah aus, als ob er sich vor Fipps verbeugen würde. Sie erwiderte die Verbeugung und nahm die Einladung an, wie sie es in der letzten Woche mit Heros gelernt hatte. Das gebeugte Knie war die Geste, mit der Elfenpferde sagten: „Steig auf. Ich werde dich tragen und mit dir eins werden.“

Kapitel 13

Ein Wort mit L

„Hier!“ Der alte Elf trat aus der Erdhütte, vor der Oberon, Philippa und Sleipnor auf ihn warteten, und drückte Fipps ein rundes Gefäß aus Birkenrinde in die Hand. „Das ist Wundsalbe. Du wirst sie brauchen.“ Er verzog seinen faltigen, zahnlosen Mund und kicherte. „Ich wette, du hast dir den Hintern wund geritten!“ Dann ging er zu seinem Pferd und klopfte herzhaft den Hals des Braunen. „Sein Trab war schon immer schrecklich. Bretthart! Ich glaube“, er kicherte noch einmal und sah dabei sehr vergnügt aus, „ich bin seit 100 Jahren nicht mehr mit ihm getrabt. Schließlich muss ich mir nicht die Kehrseite ruinieren – und warum sollte man auch traben, wenn Galopp doch viel schöner ist?“ Er schien sich über seinen eigenen Witz köstlich zu amüsieren. „Hihi!“, machte er und betrachtete Fipps neugierig. „Auf die Idee anzugaloppieren bist du wohl gar nicht gekommen, kleines

Mädchen? Höhö – hast du den Mut dazu nicht gehabt? Dann geschieht es dir gerade recht, dass du jetzt einen wunden Hintern hast!“

Oberon legte Fipps die Hand auf die Schulter. „Ich glaube, die wunde Kehrseite wird die Prinzessin leicht verschmerzen. Die Frage ist nur: Verschmerzt du es, dass du verloren hast? Du hast gewettet, dass sie es nie schaffen würde, Sleipnor zu finden und ihn zu dir zu reiten. Hier sind sie – und sie ist eindeutig auf Sleipnor angekommen!“

„Höhö! Im Trab auf Sleipnor!“ Palandrel schüttete sich wieder aus vor Lachen. Doch dann wurde er plötzlich ernst und legte den Kopf schräg. Aus zusammengekniffenen Augen betrachtete er Fipps. „Sie sieht aus wie Miranda!“, stellte er dann fest. „Hat gar nichts von ihrem Menschenvater. Außer“, er strich seine verzottelten Haare zur Seite und fasste nach seinem spitzen Ohr, „dass sie ziemlich hässliche Menschenohren hat.“

Fipps schluckte den Widerspruch hinunter, der ihr auf der Zunge lag. Sie mochte Palandrel nicht. Sein Gekicher rieb an ihren Nerven wie Sandpapier, und dazu roch er nicht eben angenehm. Sie war sich sicher, dass er seit dem Verlassen der Elfenwelt kein Bad mehr genommen hatte.

„Philippas Ohren sind vollkommen in Ordnung“, erklärte Oberon bestimmt. „Aber du hast deine Wette verloren. Also komm jetzt mit in den Wald und hilf uns mit ihrem Pferd."

„Nein!" Palandrel ließ sich umständlich auf einem Holzblock nieder, der mit einem ziemlich schmutzigen Fell bedeckt war. „Höhö – ich komme aber nicht mit! Da kannst du machen, was du willst!"

„Palandrel!" Oberon richtete sich zu seiner vollen Größe auf. Fipps sah, dass er die Hand auf seinen Schwertknauf gelegt hatte. Die blauen Augen des Königs funkelten kalt, als er einen Schritt auf den alten Elfen zutrat. „Du hast verloren. Du wirst deine Wette einlösen und uns mit Philippas Pferd helfen!"

„Nein." Palandrel lehnte sich zurück und schlug die Beine übereinander. „Ich kann euch gar nicht helfen." Er kicherte. „Ach, Oberon – du bist so schlau und so mächtig! Immer hast du geglaubt, dass du nur befehlen musst, damit dir alles folgt. Es gibt aber noch einige Wesen, die dir nicht gehorchen. Dein Pech!"

„Ich glaube nicht, dass du zu ihnen gehörst." In Oberons Stimme klirrte Eis. „Du weißt, dass ich sehr ungemütlich werden kann ..."

„Oh ja!" Palandrel setzte sich wieder aufrecht hin und stützte den Kopf in eine Hand. Dann sah er an Oberon hinauf. „Jeder weiß das. Und ich habe auch gar nicht vor, mich mit dir anzulegen. Es ist nur so, dass ich deiner kleinen Prinzessin gar nicht helfen kann."

„Wie bitte?“ Oberon sah aus, als ob er gleich das Schwert ziehen würde.

„Du hast mich richtig gehört: Ich kann deiner Prinzessin nicht helfen“, wiederholte der Elf, als ob es sich um einen wunderbaren Witz handelte. „Sie kann sich und ihrem Pferd nur selbst helfen.“

Fipps atmete hörbar aus. „Und wie?“, fragte sie.

Der alte Elf musterte sie einen Augenblick, dann sah er zu seinem Pferd hinüber, das ein paar Schritte entfernt graste. „Soll ich es ihr verraten, Sleipnor?“ Er wandte sich erneut an Fipps. „Du bist eine Reiterin. Du hast Sleipnor für dich gewonnen. Ich glaube, du verdienst deinen Topas.“

Fipps spürte, dass Palandrel es nun ernst meinte und ging auf ihn zu. „Bitte, Palandrel“, flehte sie. „Sagt mir, wie ich meinen Topas erlösen kann.“

„Es gibt nur eine Macht, die stärker ist als schwarze Magie“, antwortete der alte Elf und sah dabei Oberon an. „Muss ich das Wort wirklich aussprechen, Oberon?“

Zu Philippas Erstaunen senkte Oberon das Haupt. „Nein“, sagte er langsam. „Du musst es nicht aussprechen, Palandrel. Bist du sicher?“

„Ja, Oberon – ganz sicher. Deines Vaters Pferd wurde während des Krieges einmal verflucht. Das Ritual hat gewirkt.“ Der alte Elf kicherte wieder. „Mortron kennt dich und deinen Stolz gut. Er wusste, dass du ohne Hilfe nicht darauf kommen würdest. Und er ging wohl davon aus, dass du dich nicht dazu herablassen würdest, mich um Hilfe zu bitten. Aber wie mir scheint, hast du dazugelernt."

„Ja, Palandrel. Das habe ich." Oberon legte die Hand wieder auf Philippas Schulter. „Wir müssen gehen. Danke, Palandrel. Ich stehe in deiner Schuld."

„Ich werde dich daran erinnern, Oberon!", erwiderte Palandrel vergnügt.

„Komm, Fipps, kehren wir zurück in den Elfenwald." Oberon straffte sich wieder.

„Moment noch, Großvater." Fipps ging hinüber und streichelte Sleipnors Hals. „Danke, dass du mir geholfen hast." Dann lächelte sie Palandrel zu. „Und Euch auch Danke!"

„Schon gut, Prinzessin. Du bist eine Reiterin. Reiter helfen einander." Der alte Elf wedelte mit der Hand. „Und nun verschwindet von meiner Insel! Ich mag keinen Besuch!"

„Wir sind schon weg!" Oberon ergriff Philippas Hand. „Halt dich an mir fest!"

Eine Minute und einen Wirbel später landete Fipps mit Oberon auf der Lichtung im Elfenwald. Sie stand kaum wieder sicher auf den Beinen, als sie schon fragte: „Was hat Palandrel gemeint? Was machen wir jetzt? Können wir Topas erlösen?"

„Ja, wir können Topas erlösen“, antwortete Oberon kurz. „Aber warte einen Moment, ich muss erst deine Großmutter rufen. Und am besten auch Orsino und Florinde. - Puck!“

„Ja, Meister?“ Wie aus dem Boden gewachsen erschien Oberons Diener bei ihnen.

„Bring mir den großen Kristall aus meiner Bibliothek. Ich brauche ihn in fünf Minuten in der Schlucht“, befahl Oberon. „Komm, Fipps. Gehen wir zu Topas.“

„Was werden wir tun? Wie können wir ihn erlösen?“ Fipps hielt es vor Ungeduld kaum noch aus.

„Die Macht, die stärker als schwarze Magie ist - wir werden sie gemeinsam beschwören. Und der Kristall wird unsere Kraft konzentrieren und den Schatten des Raben über Topas vertreiben“, erklärte Oberon und eilte dabei schon mit großen Schritten los. „Komm - je schneller wir Topas erlösen, desto besser für ihn.“

Fipps rannte hinter ihm her. „Großvater, was ist die Macht, die stärker als schwarze Magie ist?“

Oberon blieb stehen und erwiderte: „Liebe, Philippa. Liebe ist die Macht, die jeden Fluch brechen kann.“

Fipps drehte sich im Halbschlaf um. Sie hatte gerade so wunderschön geträumt: Oberon, Titania, Orsino, Florinde und sie waren in der Schlucht und hatten sich im Halbkreis um einen Kristall herum aufgestellt. Topas - mager, struppig und mit hängendem Kopf – stand nur ein paar Schritte von ihnen entfernt. Dann fassten sich alle an den Händen und dachten ganz fest an Topas, wie sehr sie ihn liebten und sich wünschten, dass er wieder zu ihnen zurückkommen würde. Der Kristall begann zu leuchten, und sein silbriges Licht breitete sich über die ganze Schlucht hinweg aus. Es hüllte Topas ein, und plötzlich hob er den Kopf und wieherte! Dann stakste er mit vorsichtigen Schritten durch den Bach zu Fipps, blies ihr zärtlich seinen Atem ins Gesicht und drückte seine Nase an ihre Wange.

Es fühlte sich so wundervoll an! Philippa brach vor Glück und Erleichterung in Tränen aus und klammerte sich an den Hals ihres geliebten Pferdes, bis Orsino sie sanft von ihm löste. „Fipps, es ist vorbei. Topas ist erlöst – und jetzt müssen wir ihn erst mal füttern! Er braucht eine ganze Menge Heu und Hafer, damit er wieder so schön und munter wird wie früher."

Was für ein herrlicher Traum! Fipps wollte gar nicht daraus aufwachen – aber dann hörte sie ein mahlendes Geräusch dicht neben sich. Dazu roch es lecker nach Haferflocken. Ihr Magen knurrte, und sie öffnete die Augen, um sie sofort wieder zu schließen. Sie war doch nicht etwa mitten auf der Lichtung im Elfenwald eingeschlafen? Am hellen Tag? Offensichtlich ja, denn die Sonne blendete.

Dann lachte jemand. „Hallo, Schlafmütze. Da bist du ja wieder."

„Orsino?" Fipps öffnete nun doch die Augen ... und erkannte bei sich Orsino - und Topas! Er fraß Hafer aus einer Schüssel, die Orsino im Schoß hielt. Als der Rappe sah, dass Fipps sich aufrichtete, hob er den Kopf und pustete ihr eine Portion halb gekauten Hafer über den nackten Arm. „Topas!" Fipps streckte die Hand aus und streichelte über seinen Hals. „Geht's dir gut?"

„Ihm geht's bestens", verkündete Orsino. „Nach der Portion Heu, die er vorher aus deiner Hand gefressen hat, hat er sich erst mal mit dir hingelegt. Ihr habt vier Stunden lang friedlich nebeneinander geschlummert. Dann bekam er allerdings Hunger."

„Ich glaube, ich habe auch Hunger." Fipps räkelte sich im warmen Sonnenschein und betrachtete dabei ihren Topas, der zufrieden kaute. Er war wirklich sehr mager - doch sie wusste: Er würde bald wieder besser aussehen. Dafür würde sie sorgen. „Orsino?"

„Hmm?"

„Ich - ich möchte mich bei dir bedanken. Ohne dich hätten wir Topas nie erlösen können. Du weißt gar nicht, wie viel mir das bedeutet", sagte sie leise.

Orsino lächelte sie an ... und wieder starteten die Schmetterlinge in ihrem Bauch zu einem Rundflug. Dann strich Orsino mit einem Finger sanft über ihren Arm.

„Doch, das weiß ich. Du und ich ...“ Er wurde plötzlich knallrot und korrigierte sich stotternd: „Ich meine, du und Topas und Galadir und ich und Oberon und Titania und Susanne und Konny und Alina und Oskar – wir gehören doch zusammen!“

Ende